◆◆ 中国文学名家散文精选丛书

大美月湖

陈秀荣　著

江西高校出版社
JIANGXI UNIVERSITIES AND COLLEGES PRESS

南　昌

图书在版编目（CIP）数据

大美月湖 / 陈秀荣著 . -- 南昌：江西高校出版社，
2025.6. --（中国文学名家散文精选丛书）. -- ISBN
978-7-5762-5673-4

Ⅰ. I267

中国国家版本馆 CIP 数据核字第 202438FD69 号

责 任 编 辑　王　月
装 帧 设 计　夏梓郡

出 版 发 行　江西高校出版社
社　　　　址　江西省南昌市新建区工业二路 508 号
邮 政 编 码　330100
总 编 室 电 话　0791-88504319
销 售 电 话　0791-88505090
网　　　　址　www.juacp.com
印　　　　刷　鸿鹄（唐山）印务有限公司
经　　　　销　全国新华书店
开　　　　本　650 mm×920 mm　1/16
印　　　　张　13
字　　　　数　160 千字
版　　　　次　2025 年 6 月第 1 版
印　　　　次　2025 年 6 月第 1 次印刷
书　　　　号　ISBN 978-7-5762-5673-4
定　　　　价　58.00 元

赣版权登字 -07-2024-951

目　录
CONTENTS

第四辑
写副春联过大年

第一辑

大美月湖

大美月湖

月湖是古城老淮安三湖之一，民国之前叫万柳池。

无论叫月湖，还是叫万柳池，我都喜欢。读一下它的名字，一种不期而至的美感便悄然而生，温润心田，婉约清新。想象一下它的美景，心中就涟漪荡漾。

初秋时节，我骑车停驻在月湖相对开阔的北侧。清风拂来，蒲草高低起伏，水鸟喷喷，偶有一两只水鸟惊飞而起，掠过芦苇，射向天空，瞬间杳无影踪。湖水荡漾，水清见底，偶然发现两三只水鸟悠然自得，游向远处。荷叶连连，清香幽幽，沁人心脾，恰似世外桃源，心中莫名的烦恼和忧伤便荡去了一半。小时候，看惯了绿草荡和射阳湖，进城之初，并没有把月湖太当一回事。它既没有射阳湖的辽阔和浩渺，也没有绿草荡的四通八达和富饶。现如今，久蛰在市井之中，偶尔前来驻足欣赏，自然的味道扑面而来，浓郁的诗意油然而生。"钟声暗度三仙阁（即三仙楼，供奉着汉钟离、吕纯阳、铁李拐三位神仙），柳色低藏一叶舟。"这是乾隆淮人张群为万柳池写下的诗句。此诗共有八句，我最喜欢这两句，这两句不仅仅给人一种诗中有画、画中有诗的美感，更主要的是"暗度"和"低藏"这耐人寻味的两组词，委婉含蓄，神仙不喜欢张扬，大美无须喧嚣。这样的诗句如风行水上，雪落江河，自然贴切，最能抵进神的心坎。

除了风景之美，在我看来，让人刻骨铭心和心仪不已的就是它的饮食之美。眼前高低起伏的蒲草——那深深扎在淤泥中的根，就是人间不可多得的美食。在我老家叫蒲根，在这边却叫蒲菜，有"天下第一笋"的美誉。一字之差，"待遇"真是天壤之别。小时候，在我老家，无论是蒲草还是蒲根，除了能编织成蒲包、蒲扇、蒲团，其余的都能当柴火。在这里，却成为众人追捧的菜，叫我这个在农村长大的"城里人大"跌眼镜。听说，区文化馆的一位同志还创作了一首歌曲，十分优美："蒲清清哎，蒲婷婷，秀姑卷袖采蒲芯……"这样的民歌让人不由得联想起江南《采莲曲》："江南可采莲，莲叶何田田，鱼戏莲叶间。鱼戏莲叶东，鱼戏莲叶西，鱼戏莲叶南，鱼戏莲叶北。"劳动之美、动静之美、情境之美、水乡之美，美不胜收，相得益彰，令人叹为观止。淮安的蒲菜佳馔，除了蒲菜肉圆、蒲菜斩肉、鸡粥蒲菜外，最有名的当数开洋蒲菜。淮扬菜中，别具一格的开洋蒲菜是当之无愧的明星。

古城的文化之风世代传承，月湖的文水之美福泽子孙。用"一城古迹半城湖"这样的诗句来赞美老淮安是再恰当不过了。从古到今文学历史的天空中，老淮安文人众多，群星璀璨。有汉赋的创始人枚乘、枚皋父子，"建安七子"之一的陈琳，《西游记》的作者吴承恩，《老残游记》的作者刘鹗等。这就使我想起了"文水"一词。文和水天然相依，密不可分。有了水，一座城就有了灵气；有了湖，一方土就有了文风。老淮安拥有三座湖——月湖、勺、萧湖，它们几乎占据了古城一半面积。而在这小小的月湖之中，明嘉靖时曾建文节书院，万历时建有正学书院，清雍正时建有淮阴书院，乾隆时建有连城书院。从古至今，文脉相通，文水相连，成就了文人读书的好地方。现如今，坐落在月湖北侧的新安小学校园里书墨飘香，书声琅琅，师生昂扬——这是习近平总书记给新安小学的少先队员们回信的最美"回声"。

"昔我往矣，杨柳依依。今我来思，雨雪霏霏。"出了淮安，在古人的眼里，就是真正意义上的北方。风俗不同，饮食迥异。坐落于万柳池西南的清溪馆，应时而生，繁盛一时。清溪馆中有假山、水亭、竹林、茶榭等景致。在古代，这算得上豪华宾馆了。在月湖边的清溪馆无疑成了南来的漕运水手和各类官员设宴摆酒，与相送亲友折柳话别的好地方。

抚今思昔，最难还原的当属万柳池八景。乾隆时，有人编排了万柳池八景：月映仙桥、雪封鹤井、柳堤烟雨、茆茨灯光、野寺晚钟、芦汀雁集、远浦归渔、疏林雾雪。除此之外，还有天妃宫和二帝祠。一个人有了信仰，生命就会变得鲜活而坚韧；一个湖有了信仰，它就有了深度和广度；一座城有了信仰，它就变得包容而强大。历经沧桑，景点荡然无存，原址无影无踪，但这些富有诗意的名字和深厚的历史掌故仍然让人回味无穷。

"坐久浑疑身是鹤，谈深忘却雨催诗。"这是清人邱彤描绘万柳池的诗句。我是鹤，鹤是我。诗人与自然融为一体，真情和美景浑然无缝。野趣、友情、雨意，催生出诗情画意，使人忘却了天上人间。

月湖，月朦胧、鸟朦胧之湖。当你深情地欣赏月湖的夜色，轻松地俯仰天地之间，你定会收获一种诗意飞翔的超脱，一种文风昌盛的喜悦。

九寨天堂

在九寨沟那水的圣洁、雪的灵光、经幡的吟唱面前，我突然失去了语言，甚至所有的欲望，只剩下一双深情而惊奇的眼睛。

身体仿佛踏上佛的祥云飞翔起来。彩林在我的眸子里铺陈，山风在我的心灵中盘旋，林鸟在我的天空中翻飞。水中的树是泉与岩石击掌的掌声，水中的鱼是泉与岩石前世今生的约定。那清泉透人心骨的凉啊，每一次跳跃，都是一次升华、一次洗礼、一次憧憬。我仿佛直接感受到了神那圣洁的目光，一切让我顶礼膜拜、五体投地、洞彻肺腑。诺日朗和树正瀑布把我变成一头惊恐的野兽，颤抖地竖直着毛发，一股冰清玉洁的水流声响在我的灵魂深处回荡，经久不息。以后的日子，我只能在长满月光的阳台上怀想。

神奇的九寨，人间的天堂，我是来得太早了，还是太迟了？

容中尔甲《神奇的九寨》中那天堂的模样，我曾在梦中将它千百次描绘和向往过，尤其是在童年和青年的时候。在书中自有黄金屋、书中自有颜如玉这一信念的支撑下，我曾秉烛夜读、十年寒窗，梦想登上知识的云梯走向通往天堂的路。可惜年龄大了，对天堂反而失去了热情。

一种怀疑的情绪扶摇直上，迅速占领了我思想的天空，算计了我日常的生活，摆布了我庸常的人生。内心深处的渴望拉开了我与天堂的距离，让我陡生忧虑、倍感惆怅。

站在海子面前，那种百分之百的蔚蓝、百分之百的纯净、百分之百的圣洁，让我不敢端详自己的面容，更没有勇气审视自己的灵魂。我伸出手去却又缩了回来，灵魂慌乱一团。面对让人目不暇接的景点，庆幸自己来到了九寨，又有点后悔。心中有几分向往，又有几分心虚。如果九寨沟是田野，我就是一张锋利的犁，切开它的肌肤播下欲望的种子，渴望着收成。如果九寨沟是一片云彩，我就是痴情遥望这一片云彩的小鸟，轻声婉转是对它的歌唱，小声叹息是对它的祝福，美梦成真成就我一生坚守的童话。

当地人拿着土特产在我面前吆喝时，我更深深地觉得人类在欲望面前又一次败下阵来。在那些真真假假、假假真真的商品面前，我本想用它们去充实早已干瘪的行囊，却又犹犹豫豫、迷迷茫茫起来。囊中羞涩或许是我抵御种种诱惑的一种强有力的武器。

在自然面前，人类其实只是个孩子，一个脏兮兮的、带有点野性的、顽劣的孩子。有人说，人是自然的敌人。我是九寨的敌人吗？我们的到来是对九寨的一种伤害吗？地上的相纸、死烟蒂、果皮，以及远处人声的喧哗，更叫我羞愧难当、悲情不已。当人类的文明染上欲望的色彩，远离理性的家园和古朴的诗意，开发是一种发展，过度开发则是一种罪过。

北极冰川的消融和崩塌，成就了贪婪的人的航道和财富，却成了善良的人的噩梦；亚马孙雨林的怒火，我多么想一夜之间将它平息，然而我又是如此的无奈和无能，任凭邪恶之火作践我们的家园，"碳化"我们早已脆弱的肺——与自然不能和谐相处的"文明"一定是不折不扣的污染，一定是神仙容纳不下的过错。我多么想在自己的体内下一场透透的雨，和九寨天堂一模一样的雨，浇灭莫名的欲望，重新培育自己的灵魂，然后干干净净地踏上轮回的路。

此时我正在用文字开发九寨沟，用可笑的思想去解读九寨沟，用充满欲望的目光眺望九寨沟，这本身是不是也是一种亵渎、一种过错？面对一张白纸，我有点手足无措，又异常欣喜。此时，在我的脑海响起了一阵诵经的声音，忽远忽近、忽明忽暗，如此真切，仿佛这声音来自天堂。

经幡处、转经轮旁，笼罩着静谧和神圣的氛围。雪峰处有静穆的神仙，彩林中诞生出缥缈的童话。女神"沃诺色嫫"那一面镜子幻化出 108 个如诗如梦的海子，散发出令人无法抗拒的魔力和光芒，再一次把我七彩的情绪和青春照亮。即使是仙子也会被爱裹挟，我等凡夫俗子在人世间流下的可悲、可笑、可恼的故事，神仙们大概也不会记挂在心，大多一笑了之。想到此，我觉得轻松了许多。

白云、雪峰、翠海、瀑布、彩林、彩池，本能组成和睦的大家庭，可是人类总会不甘心置身局外。我们的脚步声是为自己还是为自然敲响的警钟？一波又一波的人纷至沓来，各式车辆川流不息，喧闹的叫卖声此起彼伏，如果九寨沟真的能开口说话，我想它一定会想方设法劝住人们：到此为止吧，别再步步紧逼了！每进一步都是对它的一次伤害，当它体无完肤时，人类也会伤痕累累，纵使身处青山绿水，内心也是杂草丛生、一片潦倒。

世间有一种大美，对它只能是水中望月，有时形式上的得到却是实质上的永远失去，那是一种更深层次的痛。此时，我只想用梦想成全欲望，用文字追寻天堂。如果能在雪山中轮回一次，在彩林里生死一回，喝一杯奶茶，饮一碗青稞酒，灵魂的翅膀也许会生长出天长地久的光芒，与纯情的九寨一起在天堂飞翔。

佛说：前世的五百次回眸，才换得今生一次擦肩而过。九寨天堂，今生我千万次地眺望着你，上亿次地对你回眸，来世我们一定能再相逢？

月牙泉

月牙泉，我不止一次在心里呼唤着你的名字。

月牙泉，我不止一次在梦中描摹你的影像。

一想起你那清纯俊美的俏模样，思绪就像那一股股甘甜味美的清泉向我涌来，让我浮躁的内心立即清澈澄明、晶莹剔透、生机盎然起来。

月白风清的夜晚，我品味着如水的月色，怀想着童年的清纯。俯仰之间，仿佛返老还童、超凡脱俗、羽化成仙。

此情此景，我多么想摆脱沾满尘埃的肉体，展翅飞翔。

怀着朝圣的心情，搭飞机、乘火车、坐大巴，穿过戈壁、越过绿洲，辗转千里，我终于到达敦煌，下榻在离鸣沙山、月牙泉不远处的一家宾馆。喝过敦煌的酒，吃过敦煌的烤羊排，洗过澡，走出宾馆，来到街道上，与七月的雨竟然不期而遇，我顿时觉得不像在塞北名城，而是在江南小镇。再加上雨打树叶发出的沙沙声，绿意立即在我的心头弥漫开来，身上的仆仆风尘和种种疲惫顿时烟消云散。

当地的导游自豪地说，我们这儿一年降雨量也就在四十毫米左右，真是天公作美，用世间最珍贵、最清甜的甘霖来欢迎远道而来的贵宾。话音刚落，我们就真情涌动、掌声雷动，为这吉祥、为这天意欢呼。

街道上灯火通明，夜市里操着五湖四海口音的叫卖声不绝于耳。随意地转一会儿，感受一下塞北名城的味道，我便回到宾馆就寝，养足精神也好在明天一早赶到鸣沙山中的月牙泉，一睹她的丰采。

翌日，我们乘着大巴，道路两旁站着笔直的树，所有树干、树枝和树叶都努力向上，几乎没有旁逸斜出的树干、树枝甚至树叶，再加上昨晚下了一场比较透的雨，更显出一副精神干练的样子。天空出奇的高远而湛蓝，蓝得没有一丝云彩，蓝得一览无余，蓝得深邃无边，蓝得层次分明。这是我久远的天空，这是我渴慕的天空，这天空最适合豢养彩虹——多么像一个人生平的第一次艳遇。约莫两个小时，大漠风光就展现在我们眼前。顺着导游手指的方向，我们惊奇地看见了鸣沙山那横陈在天际的金黄色山峰。

戴着太阳帽，撑着伞，提着小包，小包里装着盛满水的水壶，我们跟着导游来到进入鸣沙山和月牙泉的入口处。这里的空气几乎没有一丝水分，嘴稍一离开水壶，唇就会开裂；阳光更是狠毒，不敢露半点皮肤在外面，否则就有一种着火似的感觉，不一会儿，皮肤就会发红甚至起泡。导游向我们说了三种玩法：一是骑摩托车上去兜风玩，二是骑骆驼上去玩，三是步行。她还没说完，我们就一致举手要求骑骆驼上去玩。这样也能好好地享受一下沙漠驼铃的感觉。于是，导游把我们编成四人一组或者五人一组，在当地人带领下，沿着既定的线路向鸣沙山爬去。

带着我们游览的是当地的小伙子，脸色像黄土高原上的黄泥巴，身材像竹竿，但人却很精神。骆驼在他手中像乖乖听话的孩子，五头骆驼乖乖地趴在地上，他将我们五个人一一扶到骆驼背上去，并嘱咐我们要牢牢地抓住缰绳，不抓牢了摔下去可不是闹着玩的。于是，我们沿着陡峭的山路向上攀登。

不一会儿，那一眼望不到头的沙漠呈现在我们眼前，那干裂的、野野的山风朝我们强劲地吹来。偶尔发现山峦间峭壁处有一两棵青嫩的小草，我们情不自禁地发出惊奇的叫声和赞叹。那一轮太阳浑圆而孤独地悬挂在天空。"大漠孤烟直，长河落日圆"的诗句在我心头再一次响起。

虽然像导游说的，这种天气不是看鸣沙山最好的天气，最佳的是狂风大作、沙石横飞，待在离鸣沙山稍远的地方你就会听到轰隆鸣响。如果你再深入进去侧耳细听，那声响时而像金鼓齐鸣，时而又像刀剑撞击。我在心里则暗笑导游，如果遇见这鬼天气，谁敢来体验这鸣沙山？除非是探险家，或者是疯子。像我们这些平常人就喜欢这样的好天气。能亲眼看看鸣沙山就行了，登上山顶远眺一下四周那一道道金色的山峰，至于其他倒没怎么考虑。这样的天气，不正是欣赏月牙泉最佳的选择吗？我私下里得意地想。

下山时，我们则选择步行，这样更有雅趣。我们多人结伴而行，顺坡而下，只觉两肋生风，一跳十步，驾空驭虚，真有一种羽化而成仙的感觉。不一会儿，月牙泉就在我们眼前。这坐落在黄沙之中的月牙泉，这在鸣沙山怀抱中娴静地躺了几千年的一汪清泉，虽受到狂风凶沙的袭击，却依然碧波荡漾，水声潺潺，清澈入魂，不改初衷。拍照留影是免不了的，躺在沙土上深深地吸一口气，充分感受一下她的温柔和清凉，品味一下她清纯的体香，这是一种多么美妙的感觉啊。此时，所有的词汇在她面前都苍白无力。我真想躺在她的身边赖着不走，只可惜我不能这样做。赖了一会儿，还是爬起身来，拍了拍身上的黄沙，向月牙泉边走去。

月牙泉与多年前相比已经缩小了不少，这成了她今生今世的痛。这种痛至今还留在我心灵深处，挥之不去。现如今，我们还能目睹她的丰采真是三生有幸，但愿我们的子子孙孙都能像我们一样有机会饱饱这样的眼福。月牙泉被铁栅栏包围了起来，这大概就是向人类的贪婪委婉地提了个醒。我不能走近她，不能好好地掬一捧清纯甘甜的水喝上一口。对于这一点遗憾，我只能给予充分的理解和尊重。

据说，月牙泉是个宝，里面有铁背鱼，能医治各种疑难杂症，可惜寻觅半天，也没能发现它的踪影；还有七星草，有清热解毒的作用。除此之外，月牙泉的风景也非常迷人。泉边，白杨挺拔健壮，垂柳舞带飘丝，这在江南随处可见的柔美的杨柳，到了这里则染上了沙漠风光、驼铃声响，皮肤则显得更加苍黄而健壮。泉旁有丛丛芦苇，偶尔有野鸟成双结对飞进飞出。这些灵动的小生灵，把月牙泉点缀得更加生机勃勃、如诗如画、隐秘柔美。

泉南岸台地上建一些寺庙，可惜我没有时间一一造访，否则，我一定会点燃两炷香。一炷是拜请神灵护佑月牙泉今生今世无恙，另一炷是给那将泪水化为清泉的白云仙子，为了那至真至美的善，为了那至真至善的美。

据说，这月牙泉是白云仙子的泪水洒落在人间形成的。我多么希望这传说是真的，同时我也祈祷自己永远都别失去这份天真。

神话如甘泉，有时候能很好地挽救我们的灵魂和信仰。•

泉州的树

　　七月底、八月初，泉州的气温始终在 35 摄氏度徘徊。走在外面，即使你撑着伞，也觉得浑身火爆的。幸好，泉州不是我们这边的小城。我们所在的小城天灰蒙蒙的，地灰蒙蒙的，人也灰蒙蒙的，站在街道边的树瘦弱得可怜，每到炎炎夏日，你走在街上几乎找不到成片的、像样的树荫。泉州尽管商铺连着商铺、小区接着小区，但街道两旁总是很好地站立着高大的树木，到处是成片的树荫，给人一种清凉的感觉。

　　泉州处于亚热带地区，所以它的树木明显和我们淮安这儿不同。街道上站立的香樟树，我是认识的，因为我们这边的街道旁、公园中似乎也有，可能气候不同的缘故，香樟树长得明显不如人家那般壮实、蓬勃。龙眼树、杧果树、榕树等，对我来说就有点陌生了，我不得不谦虚得像一个小学生一样，不停地问着那美女导游。通过她的介绍，我初步认识了龙眼树、杧果树、榕树等。龙眼树上正挂着龙眼，但还没成熟。据说，还要再过个把月才能大饱口福，现在只能饱饱眼福了。望树心叹，我只能与它擦肩而过，不知道哪年哪月有机会大饱口福。龙眼树的长相与香樟树区别不大，如果没有那成串的龙眼挂在树上，我真的没有能力区分它们。杧果已经成熟，只是我不太喜欢吃这种水果。那杧果树与我们家的杨树有点相似，只是叶片比杨树大了许多，树干也清爽干净许多。

让人惊奇的就是那遍地的榕树了，有大叶榕树和小叶榕树。最最称奇的就是稍微高大一点的榕树都会长出许多胡须来。那胡须是灰褐色的，仔细看来，有的是随意垂落下来，有的松散地绞在一起，有的编成了小辫子，只要它能接触到地面，就会牢牢地抓住泥土又长成了树。这许多小的树干似乎是榕树的扶手，又似乎是它的子民。有好几次，我看到了一些非常高大的榕树，高大的树干周围长着无数根小树干，这多得数不过来的小树干似乎就像无数根伞柄，躲进高大的榕树怀抱，即使是狂风暴雨，也无所畏惧。独木成林，用在榕树身上一点也不为过。以前，我只是看到过榕树盆景，印象不是很深，而今看见站在大地上的榕树，才见识它的气派，领略它的风采，读懂它的情怀。它的脚下还散落着许多青黄色的像小西红柿一样的小果子。泉州靠海，台风很多，许多榕树每到七八月份，都要去掉许多枝节！呵呵，没办法，树大招风嘛。

奇怪的是少林寺中大雄宝殿前两棵200多年的榕树，左有须，右无须。有须的为雄，无须的为雌。恰如民俗所说的"男左女右"。它们与人性是多么地合拍，让人啧啧称奇。树高20多米，树冠展开30多米，夏日里却是练功休息的好去处。据说，这两棵榕树，有一个称呼，叫"少林朝音树"，他们就如善男信女一般，站在大雄宝殿外聆听佛音，细思佛理，虔诚千载，悟道万年。佛法无边，草木通佛。炎炎夏日，站在树荫下，我似乎感受到佛的恩泽。

开元寺里有一棵神奇的树，它不是什么特别的树种，只是一棵普通得不能再普通的桑树。桑园主人黄守恭梦见桑树开莲花，结果几天后灵验了。从此，一片桑园成了一座古刹。一座古刹藏有千年古树。传说神奇而又缥缈，但眼前这棵百年前被雷电一劈为三的古桑树再次让故事真切生动起来。被雷电击中的树并没有枯死，相反，它似乎获得了一种神奇的力量，又再次落地生根，枝繁叶茂起来。寺僧围园护桑，园名取名"莲香"。透过围墙小窗，只见那株三树同根的古桑向着四周极力伸展着，茂盛的枝叶高高地越过古墙，撑起一大片浓荫，犹如一株生机蓬勃的绿色莲花。此时，仿佛有一股透彻灵魂的清香已经游进我的肌肤，植入我的骨髓，洒遍我的心灵，让我醍醐灌顶。

听说，这树再也不结果，蚕也不再吃叶子。我想，能结果子的桑树一定是凡树，蚕喜欢吃的桑树也一定是棵普通的桑树。千年一梦，相见即是缘。我用手轻轻地抚摸它伸出古墙外的叶片，也算是在自己身上再次留下桑树的气息和佛的足迹。能与佛结缘，真是三生有幸。

寻梦萧湖

萧湖是一本书，一本线装书——古朴、典雅、厚重。我愿是一条书虫，一条幸福的书虫。搂着一湖遗址，满湖掌故，做着吟诗作赋、品茶闻香的梦。

循着文学的经脉，闻着文字的体香，走进古枚里。枚厅里的石碑上"古枚里"三个大字古朴明了、沉稳大气、端庄秀丽，传播着文坛佳话，孕育出千秋文风，在我心头荡漾、摇曳。透过枚乘、枚皋手中的书卷，我仿佛听到汉赋的心跳，触碰到汉朝的时空，拥抱着汉朝的风雅。

那两尊古色古香的铜像突然目光炯炯、光彩夺目起来，用古老的腔调唱响最为著名的汉赋《七发》，发出振聋发聩的历史回声。从此，七体名扬天下，枚乘、枚皋闪耀史册，古楚大地文墨飘香。

诗仙李白来了，留下"暝投淮阴宿，欣得漂母迎。斗酒烹黄鸡，一餐感素诚"的诗句。萧家湖畔，杨柳依依，蒲草起伏，水鸟婉转，大诗人一定会"举杯邀明月，对影成三人"。诗人把陶醉飘逸留下，把清风明月留下，把诗意感动留下。

清代诗人赵翼来了，他用"是村仍近郭，有水可无山"的诗句，表达了萧湖的水色秀美使人折服。

性灵派诗人袁枚也来了，他用"名花美女有来时，明月清风没逃处"来赞叹萧湖的风流婉约、清新雅致、自然超脱。

与枚乘、枚皋比邻而居的晚唐诗人赵嘏，在《忆山阳》诗中写道："家在枚皋旧宅边，竹轩晴与楚坡连。芰荷香绕垂鞭袖，杨柳风横弄笛船。城砑十洲烟岛路，寺临千顷夕阳川。可怜时节堪归去，花落猿啼又一年。"诗句中，我们触摸到诗人满腔的自豪，欣赏到萧家湖杨柳清风的美景，听到了芦叶竹笛的悠扬婉转，共鸣于时光易逝的慨叹。诗人与湖水一起心跳，文字与蒲荻一起摇曳，思绪与杨柳随风起舞。

出生于萧家湖北岸的文学巨匠吴承恩，倾尽毕生心血写下了流传千古的世界名著《西游记》。或许就是萧湖的一池春水、古运河的明灭波痕点燃他的创作激情和奇思妙想，创造出千古不灭的神魔世界。

如果把萧湖比作舞台，漂母、韩信、乾隆无疑就是主角，漂母更是当之无愧的最耀眼的明星，可以傲视君主和王侯。站在钓鱼台前，我洞察韩信的穷愁潦倒和孤苦无依，体验令他刻骨铭心的饥肠辘辘和落魄卑微，品味人间世态炎凉和人情冷暖。清瘦的身体、孱弱的渔竿、疲惫的太阳、枯黄的蒲苇，穿越千年朝我走来，在我眼前晃晃悠悠。漂母的施舍和拒收千金，让这个平凡者高尚起来、瘦小者伟岸起来、黯淡者璀璨起来，书写出前无古人的博大母爱和乐善好施的崇高。就连风流儒雅的乾隆皇帝都为漂母义薄云天的善举所折服，并为漂母写诗竖碑立传。

现如今，整个萧湖公园，保存得较为完好的莫过于钓鱼台、漂母祠、乾隆的御碑。那悬挂在漂母像两旁的赞联，深深地镌刻在我的心扉，飘扬在我生命的天空。我多么想对着萧湖如诗如梦的美景放声朗诵："人间岂少真男子，千古无如此妇人。"

萧湖公园西傍古运河，北依古镇河下。千年古镇素有进士之乡美誉，古城淮安更是运河时代漕运盐粮的要津之地。萧家湖畔私家园林群富丽风雅，名闻遐迩，盛极一时。明清时最负盛名的有：同为进士出生的张新标、张鸿烈父子的曲江园，崇祯四年（1631）探花夏曰瑚的恢台园，顺治己丑年（1649）进士黄宣泰的止园，盐商巨富程鉴的荻庄，吴进的带柳园，程茂的晚甘园等。

方苞、沈德潜、吴敬梓以及扬州八怪中的郑板桥、金农、边寿民等经常出入园中，或吟咏风月，或饮酒作诗，或品茶听歌，或画舫抚琴。园林中诗意盎然，文风昌盛，仰天俯地，风流儒雅。其中的荻庄曾作为乾隆第六次南巡经淮安的歇息处，荻庄显赫的位置，可见一斑。

湖水悠悠，园林不在，遗址寥寥，但掌故尤在，文脉书香绵延千年。我们努力从史料中搜寻着园林的面容，从记载中拼凑着园林的记忆，用青砖小瓦雕刻出荻庄和带柳园应有的模样，来慰藉我们的思念和遐想。

从竹巷里带着竹香，从茶巷里带着茶香，走进萧湖，沐浴在它古色古香的文字里，努力做一个清爽的人、一个有文化的人、一个信仰坚定的人。

梦想之花在千年古镇青石板上已深深扎根，在湖光水色里正肆意绽放，从御码头一次又一次扬帆远航。

注：萧湖在里运河边，位于江苏省淮安市淮安区河下古镇东南角，与勺湖、月湖并称为"淮上三湖"。

享受绿草荡

　　绿草荡，我再熟悉不过。闭上眼睛，都能想象出那无边无际、高低起伏的芦苇，那野野的、裹挟着草荡气息的阵阵拂荡的风，那各种各样叫得出名字和叫不出名字的鸟。

　　到绿草荡游玩，最好的时节就是七八月份了。

　　正常年份，每到七八月，水面陡升，芦苇茂盛，荷叶田田，荷花盛开，野菱遍地，各种鱼儿穿梭水底，各种鸟儿或啧啧于芦苇丛中，或翻飞于草荡天空。各种船儿出没于芦苇丛中，或漂泊于草荡深处。它们或捕鱼捞虾，或打捞水藻，或载客欣赏美景。这时候的绿草荡最丰富、最饱满、最富有诗情画意。此时此刻，眼里的风景是绿色的，呼吸的空气是绿色的，连泼洒在脸上的阳光也是绿色的。如此丰富而深刻的绿能穿透你的肺腑，洞彻你的心灵，浸洇你的梦境，日子里摇曳着诗意的光芒。

　　有人乘游艇或者坐水上漂，沿途的风景一闪而过，沿途的村舍转瞬即逝。他们往往直奔九龙口风景区而去，几乎是早上九十点从流均镇区出发，中午十一点多到了九龙口的龙珠岛，下午一点左右才算结束（如果提前出发那就另当别论）。他们或者回到镇区吃饭，或者就在龙珠岛附近的水上饭店就餐。这种几乎千篇一律的游玩方式在我看来没有什么情趣，最多是到此一游。想让荡中的风景在自己梦中筑巢几乎是奢望。

在我看来，最美的就是带上红颜知己，或者一两位挚友，乘一条小木船，头顶草帽。当然，野炊必不可少，带上几壶热水或者矿泉水也十分必要。小船由一位熟悉当地风景人情的船公驱驭，沿着他熟悉的水道慢慢游玩。一路上的好风景美不胜收。小木船行进时，我们可以很好地欣赏一下那清澈水面下的动物世界：或有小蟹爬行，或有小鱼穿梭，或有小虾嬉戏。兴趣上来，我们可以舍舟登岸，因为现在的绿草荡到处都有蟹塘。在蟹塘主人的带领下，我们可以游览一下蟹塘的风景，欣赏蟹的各种憨态，同时还可以随手摘一两个瓜果解渴充饥。

船再往荡的深处游去，沿途可见一片片茂盛的芦苇或者一丛丛碧绿的荷叶。如果幸运，你可以看到那白鹭甚至仙鹤：它落在碧绿的荷叶上，或单腿独立，或随意啄食，显得悠闲静美，仿佛是白玉雕成一般，看得人陶醉不已。伸出相机，如果你足够幸运，它会一动不动，让它的美静静地呈现在你的相机里，流连在你的记忆中，让美不胜收不再是个传说。或者也可以遇见别的什么鸟，或黑白相间的，或浑身灰灰的——这些生灵才是这里真正的主人。真是世外桃源。它们对人的警惕是与生俱来的。许多时候，稍有风吹草动，它们便振翅而飞，或落进另一片芦苇，或飞进另一片荷塘，或消失进另一片天空，始终和你保持一段距离。

荷花荡是一个好去处。小木船可以沿着窄窄的水道，徐徐行进，尽量不伤害每一片荷叶、每一朵荷花。此时，如果你的红颜会唱江南的《采莲曲》，你或击拍，或唱和，那更是美得胜过天籁。我们可以采几片荷叶，但不要摘得太多，两三片即可，然后摘下草帽换上绿绿的荷叶，把自己真正融进大自然中去。

那不嫩不老的莲蓬可是上品。如果幸运的话，可以采到许多，剥开那绿绿的皮，里面立即跳出个白白胖胖的身子，那白白胖胖身子的里面却藏着温润如翡翠一般的身段。放到嘴里，几乎不需要咀嚼就滑进肚里，再等仔细回味，那醉人心灵的清香仿佛已经在你的五脏六腑中到处奔走，唇齿间更是留下妙不可言的余韵，心情像花儿一样开放。

如果你来绿草荡却没去九龙口，就像外国人到了中国没去长城，算不上真正来过。所以九龙口是一定要去的，龙珠岛是一定要上的。由林上河、钱沟河、安丰河、新舍河、蚬河、溪河、莫河、涧河、城河等9条自然河道汇合于龙珠岛，后在人工的开发下，形成九龙口风景区。九龙口虽是自然形成，但有一段神奇的传说，据说是九条小龙战恶蟒的故事，故事的结果当然是正胜邪、美胜恶。叫你不得不叹服的是那龙珠岛却是一个圣物，它随水涨而涨，随水降而降，至今无人能解。等小船停靠在龙珠岛旁，我们可以舍舟登岸。龙珠岛上长着一棵五谷树，同一棵树上开着相同的花，却结出不一样的果，而结出的果实与五谷类似。更令人称奇的是丰年则结着像水稻或者小麦一样的果实，灾年则结着小鱼、小虾一样的果实。龙珠岛也叫永安墩，上面建有九龙楼，共三层，里面有些关于九龙口传说和文化的展览。对于这些，我倒没有太大的兴趣，许多时候，我是径直登上楼的最高处。站在楼道里，阵阵清风袭来，扶栏远眺，自觉神清气爽，眼前碧波浩渺，烟水苍茫，芦苇万顷，成片荷叶向天边铺去，各种鸟儿像花儿在天空开放。仔细一瞧，九条河流朝你逶迤而来，各种船儿或向你游来，或离你而去。真是满眼叫人陶醉的绿，满心让人流连的美。此时，你可以抛弃一切世俗的东西，让泥胎俗身飞翔起来，只留下一双深情的、如梦似幻的眼睛，随风一起飞翔。

如果谁想下次再来，一定是许多美景还没看个够，一定是许多美味还没有仔细品尝。如果你既没有红颜相随，又没有挚友相伴，带上我做你的向导是个不错的选择。

诗意勺湖

　　勺湖，我曾在她环抱的学校里整整学习和生活过三年。但当时的我根本没有心思和她很好地亲近、攀谈、交流，心中满是对知识的渴望和对前途的追求。跳出"农门"始终是我这个农村穷孩子的目标，勺湖之美景、勺湖之音韵、勺湖之诗意时常被我忽略。

　　时过境迁，二十多年后的今天，终于在这古城中苦苦经营出一处蜗居之所，而且离勺湖仅为一箭之遥，我总在想寻找一个适当时机很好地享受一下她的宁静和美丽。或者在一个春雨霏霏的日子，从容而闲适地撑着雨伞，仔细欣赏雨中勺湖的朦胧美景。或者在一个荷花初绽的时节，手握一卷散发墨香的诗书，静守在湖边的亭榭，陶醉在碧绿的荷叶和悠悠的荷香中。然而这样的向往几乎成了一种奢侈，整日里，我不得不为工作和生活奔波，没有闲暇和心情走进勺湖，触摸一下诗意的梦想。

　　三月的一天，由于眼患结石，手术之后自然得在家休息调整。妻子上班，女儿上学，我累累地斜躺在沙发上闭起双眼享受一下难得的清静。突然，刺耳的电锤声从四面八方呼啸而来，仿佛像无数根针刺猛地朝我头部扎来，让我痛苦难忍。此时，我又一次十分强烈地想起勺湖，于是我逃也似地离开家，向勺湖一路小跑而去。

当我从勺湖的东门一脚跨进公园时，天空格外高远，眼前一下子亮堂起来，肩头仿佛卸下一副担子，身子立刻轻松愉悦许多。春风在这里驻足，春光在这里嬉笑，春鸟在水面飞翔，春虫在地面奔跑，春心在湖畔荡漾。湖边垂柳依依，土丘上樱花、桃花迎风绽放，粉面含春，清新迷人。我奔跑过去，忘情地手捧柳梢放在我的鼻端，真想一下子把春柳的体香吸到心肺中去，然后让它游向我的四肢百骸，渗透到我身体中的每一个细胞。从此，生命中永远洋溢着春天的色彩。许久，我才依依不舍地放下，好像在和一位水乡姑娘绵绵惜别。

挺胸站在勺湖最高景点——樱州。隔水相望：南面是淮安中学，曾经的奎文书院，千年文脉沿续至今，琅琅书声不绝于耳；西边是大悲阁，几度焚毁，数次重建，昔日的佛教圣地已为茶堂，供人们品茶和休息；北边是勺湖草堂，名为草堂，实为学堂。现今书声已无，但遗址尤在，书香悠悠，文风犹存。草堂的北边是一片荷塘。城市中的荷塘月色，是人们难得的放牧心情的处所。

夏日里，每逢月明星稀的夜晚，我总会悄悄来到湖边，把白天的苦闷、烦躁和喧嚣都暂时置之脑后，不再理会。身处荷香月色中，诗意悄然而至，于是，我写下小诗《月下赏荷》一首：我多么想／用水鸟一样的眼神／用湖水一样的语言／用月光一样的性情／走近荷／其实／荷的梦境比水鸟还要单纯／荷的心事比湖水还要清澈／荷的追求比月光还要洁净／我多么想／像水鸟一样／从荷的身边飞起又落下／我多么想／像湖水一样／从荷的身边走开又回来。

除此之外，最让文人墨客向往的就是占地一亩的勺湖碑园。碑园中收集存放了淮安自唐宋以来历代的寺庙、文赋、墓志等体例碑文六十余块。园中的一合（二块）唐碑，四块康熙、乾隆、道光的御碑为国内少见。徜徉其中，文墨飘香，民间传说扑面而来，真让人大开眼界、大饱眼福。湖中的数个景点之间，有如一弯新月的石拱桥相勾连，也有彩虹卧波般的曲桥相衔接，仿佛是勺湖刻意布下的几粒富有诗意的厚重的棋子。

走下樱州，奔向湖边的一座亭榭，先用嘴吹去石凳上的浮尘，随后才一屁股坐下，惬意地面对着湖光春色。湖中，楼群、垂柳、樱花、桃花、文通塔的倒影清晰可见，朵朵白云更是优哉游哉，让人忘却身处天上还是人间，我真想伸长双手，捞上一片云彩，看看究竟是怎样的珍奇。这是一个多么美丽的妄想啊！

我庆幸天间仙女的大意，将这天庭的勺子跌到凡间，幻化成一池充满灵气的春水紧挨在我的身边。对于我这样一个俗人来说，是一种幸福。

勺湖虽说是公园，却总不见什么游人，水面上偶尔有一两只水鸟在水面上轻轻地游过，每遇惊扰，它们或贴着水面飞翔，或扎一个猛子而去。陶渊明那"临清流而赋诗"的诗句潺潺地流向我心头，在我的胸膛中响起了诗意的回声。古希腊哲学家苏格拉底的语录在我的耳畔又一次响起，"在这个世界上，除了阳光、空气、水和笑容，我们还需要什么呢？"此时，我还渴望湖的对面能出现一位手握诗书、清新脱俗、正在朝我深情眺望的女子。我心虚地想这种诗意的向往是不是一种过错？

在我走出勺湖时，我还必须往我的生活之篓中放进遮风挡雨的屋子、赡养老人的费用、女儿上学的学费等等。苏格拉底先生，我不知道自己是不是很贪婪，活得是不是很世俗。

勺湖，真是一个让我流连忘返的地方。每当我有闲暇的时候，我总渴望能来这里梳理一下思想，检讨一下灵魂，出新一下自己，全心全意地还原出亲近生命和自然的本色。

当有外地朋友来游玩时，我都喜欢带他们进去转一转，感受一下她深厚的文化和浓郁的诗意。

注：勺湖位于江苏省淮安市楚州区城西北角，因湖面弯曲如勺而得名。园内除拥有金代天德年间的青铜古钟以及文通塔等文物外，还有龙墙、拱桥、石舫、水榭、勺湖草堂、回廊、亭轩等景点，新建的碑园，小巧玲珑，典雅秀致园内珍藏有淮安历代珍贵的碑刻。

马福街

马福街在淮安区城南门外，一条只有几百米长的，普通得不能再普通的街道。

马福，意译一下，马上有福。看到这样的街名，就会给人一种幸福的遐想和美好的期待。

马福，原来是个人名，是南门外里河堆上一家烧饼店里的小伙计。他生活在社会最底层，是社会大舞台上小得不能再小的角色。

历史却记住了他。

马福终生痴迷于一个大胆而朴素的梦想——建一座桥，一座方便自己去里运河挑水的桥，一座方便附近穷苦百姓的桥，一座贯通南北的桥。按常理，他的梦想应该是做个老板，或者财主，甚至官爷，马福就偏偏不，不按常理出牌的他造就了不寻常的自己。

生前是穷光蛋的马福，现在却"拥有"一条街。

人一旦有了梦想，就有了活力，就有了光芒，就有了与人不一样的地方。普通人在他面前暗淡了许多，平庸了许多，甚至矮了半截。

张天师天眼洞开，慧眼识星君，认定马福就是财帛星君。穷小子就是财帛星君？！财帛星君是这副尊容！

张天师是何等神人，"四大天师"之首。他的眼力和高度，他的法力和情怀，岂是凡人所及。

可老板不相信，伙计们不相信，连马福自己也不相信。自己只是一个伙计——一个一天到晚给人家挑水的小伙计，一个连饭也吃不周全的小伙计，一个至今讨不到老婆的小伙计。

一个连饭都吃不周全的生活不叫生活，一个连老婆都没有的家不叫家。但马福却很富有，因为他拥有一个梦想——一个为穷苦人造桥的梦想。

老板指着马福说，如果你是财帛星君，你就帮我多开几个连锁店。生意好了，利润多了，一切都好说。甚至让你做老总，我做董事长。鬼都不相信你是什么星君。

伙计们说，你是财帛星君。你开店铺，你做老板，我们做你伙计，一分工钱也不要。如果你是财帛星君，我们就是金帛星君。哈哈哈。

真是天方夜谭。

马福知道，那个所谓的张天师只是开开玩笑，纯属拿他穷开心。

但马福很执着，他只想建一座桥，做梦都想建一座桥。如果自己真是财帛星君该多好，建一座桥就易如反掌。可马福不是财帛星君，即使罄其所有，甚至卖掉自己也造不了一个小小的桥墩。

到里运河挑水的马福，时常对着自己的倒影傻傻地笑，自己是财帛星君？哪里像财帛星君？衣不蔽体、饥肠辘辘的马福会是财帛星君？哄三岁小孩呢。

张天师那个小老头真是疯了。痴人说梦呢！

恰巧，那天，张天师路过淮安，淮安知府知道了，立即隆重迎接。

张天师一脸惊喜地告诉淮安知府，淮安有个财神，叫马福，你照他的话办，准能发一笔不大不小的财。

天下熙熙皆为利来，天下攘攘皆为利往。天下没有不爱财的。百姓如此，知府更是如此！

好一个礼贤下士的知府，亲自备轿子请来了马福，好酒好菜好好招待一番。或许知府也通晓一个朴素的真理：高手在民间，真人不露相。

天下没有免费的午餐。马福知道知府肯定有事求他，莫非是让他出出力、流流汗？他伸着粗壮的腿和胳膊，暗自发笑，俺可什么都没有，但有的是力气。酒足饭饱的马福做梦也想不到知府会向一个伙计、一个穷光蛋求钱财。马福一脸茫然，瞪大着眼睛望着知府，仿佛在瞅着天外来客。

吃人家的嘴短，拿人家的手软，逼急了的马福把脚一跺：你还叫我脚底下刨钱吗？经过张天师点拨的知府脑洞大开，似乎通灵了，送走马福之后，立即叫人把马福跺脚的罗底砖撬开，朝下挖。没挖三尺深就发现四个坛子：两坛金子、两坛银子。

知府的双眼放着光，张天师没有骗他，马福就是财帛星君，马福就是他的摇钱树。

没有人嫌钱多的。此后，知府又三番五次请马福赴宴。可马福并不是乐不思蜀的人，也不是贪恋山珍海味的人，更不是喜欢白吃白喝的人。

与其拿钱请我吃喝，不如帮我建一座桥，建一座方便穷苦百姓的桥，那可是我一生一世的梦想啊！马福诚恳地想。

面对马福朴素而固执的梦想，知府也汗颜了。穿百姓的衣，吃百姓的饭，拿百姓的的俸禄，就应该帮百姓办一点实事，做一点好事。在这一点上，知府也懂。万般无奈之下，知府用挖出来的钱造了一座桥，叫马福桥。后来，人们为了纪念他，把与马福桥相连的街，叫作马福街。

马福桥不在了，但马福街还在。它每时每刻都在讲述着穷小子马福那个朴素的梦想、那段精彩的传奇。

清澈的小溪记住了马福的名字，青石板上记载着马福的故事，小巷深处回荡着马福的梦想。

马福街上住着马福的子子孙孙，也住着知府的子子孙孙。子子孙孙口口相传。

有时候纪念一个人，我们得找到一个让人信服的理由。

驸马巷

题注：驸马巷，位于西长街东侧，龙窝巷西侧，南起镇淮楼西路，北到东门大街。

一

驸马巷，一个有皇家血统的小巷，一个气派非凡的名字。

北边的巷道口，有一高大牌坊，古色古香，上面手书着三个赫然醒目的烫金隶书"驸马巷"，高贵、大气、养眼。南边的巷道口，也有一个高大的灰白色石门，门楣上也雕刻着"驸马巷"三个大字。很显然，与北边相比，普通一些，平淡许多。

驸马巷，幽长而狭窄。脚下一块块青石板略显沧桑，巷道两旁挤满仿古建筑。可惜这里既没有私家园林，更没有深宅大院，几乎没有多少皇家气息。大多是普通的低矮民居，呈现出一些平民的底色。所有的房子，一律朝巷道开着门面。大多是卖服装的，也有搞房产中介的，偶尔是玩古董的。

我仿佛在现实和历史间穿越，思绪随那奔流不息的文渠水起起落落。随意走走，落得一身轻松。

只有到了周恩来总理故居门前，视野才一下子开阔起来。走完这条巷道，多少有点气馁。——

假如有一天，连这地方也拆迁了，我建议，请把青石板留下，请把巷道名字留下，请把青砖小瓦留下。让我们很好地记住乡愁，记住这由青砖小瓦砌成的明清建筑。它们是这条古老巷道的胎记，一个世世代代都应该好好呵护的胎记。

二

驸马巷有前世今生。驸马巷原来的名字叫望仙巷。

"山不在高，有仙则名；水不在深，有龙则灵。"可淮安既没山，也没丘陵，只有一马平川的平原。想安顿住神仙，却不是容易的事。但淮安地处里下河地区，水道纵横，不远处就是闻名遐迩的文渠。有水的地方就有点灵气，有水的地方就能与仙结缘。

明代文学家、神话小说《西游记》的作者吴承恩曾写下一首套曲《南昌·一枝花·寿丁忍庵七十》："唐时万柳池，晋代烧丹灶。刘朝招隐地，宋室等仙桥。城压金鳌，最好是淮阴道，引黄河一水遥。爱你个天生地来上神仙，住居在画不就人间蓬岛。"曲中"万柳池"在城西南，指月湖，"烧丹灶"在钵池山，"招隐地"在河下古镇，"等仙桥"就在驸马巷里。这些都是淮安的名胜古迹。可见这里风景如画，诗意浓郁，闻名遐迩，不是仙境却胜似仙境。若有高人在此诗意地栖居，岂能不得道成仙？

这古朴的巷道确确实实曾经住过一位仙人——孙卖鱼。

宋徽宗宣和年间，孙卖鱼以卖鱼为生，他的真名大概无从考证。据说，他满腹经纶、才华出众，通晓《周易》，且乐善好施。有人向皇帝奏明了他的才德，于是皇帝召他为官，他却坚辞不肯。

学而优则仕，做官是普通人的理想，更是读书人的目标。封建社会如此，当今社会也是如此。然而，孙卖鱼不是普通人，更不是普通的读书人。在皇帝老儿看来，对人最大的恩赐莫过于让他加官晋爵。可惜皇帝老儿错了。皇帝老儿眼拙，看不出他的仙风道骨，用衡量普通读书人的尺子去衡量孙卖鱼，无疑是枉费心机。

孙卖鱼与达官显贵心离得远，与普通百姓心才贴得近。

孙卖鱼最大的理想是为百姓造福、替百姓分忧。据说，他一生做了数不尽的好事善事，可惜历史并没有记载。

相传，孙卖鱼一直活到一百多岁，无疾而终。寿终正寝是人生一大幸事，当灵柩抬至巷里小桥上时，孙卖鱼突然冉冉升起，脚踩瑞云，乐呵呵地升天去。

孙卖鱼得道成仙了。一时间，人们纷纷仰望，争相传颂。

为让子子孙孙记住他，当地老百姓把这巷叫望仙巷，把巷里的桥叫望仙桥。同时我们也明白了一个道理：得道者要一生善良，成仙者须终生行善。

三

驸马，皇帝老儿的乘龙快婿，公主的得意郎君。把这巷子改名为驸马巷，绝不是空穴来风，更不是徒有虚名。这小巷确确实实住过一位驸马。

望仙巷改名为驸马巷是明代初年的事。据史料记载，朱元璋在做农民起义军领袖的时候，他的堂兄蒙城王重四公在军营中病重，临终前将女儿无娇托付给朱元璋。重情重义的朱元璋不负兄长所托，不仅将无娇抚养成人，还将她许嫁给自己的亲随属下兵马副指挥黄宝。更难能可贵的是朱元璋在南京登基称帝后，破格将无娇封为庆阳公主，封黄宝为驸马都尉，并赐名为黄琛，同时下诏升任黄琛为淮安兵马指挥使，子孙世代沿袭。黄琛在巷道北首住了三年，只是至今再也见不到驸马高宅大院的半点蛛丝马迹。据史书记载，在驸马巷里，大圣桥西南，曾有黄驸马祠，只是后来毁于战火。

当时的地方官吏趋炎附势，把望仙巷改为驸马巷。

驸马巷，因黄驸马而得名，因我们敬爱的周总理而闻名全国、名扬四海。

驸马巷，一个载入史册的小巷，一个叱咤风云的小巷。

小城因这小巷而熠熠生辉，历史因这小巷而内涵丰富、波澜壮阔。

莲花街

我姓鲍，排行老四，大家都叫我鲍四。

父亲是烧窑的，从小在父辈的耳濡目染下，我也学会烧窑的活计。世人都说：世上三样苦，撑船、打铁、卖豆腐。其实，烧窑更苦。每一次烧制都要历经取土、运输、制坯、晒制、烧制、水冷、搬运等诸多过程。父亲挥汗如雨一辈子，赚到的钱只能维持生计，很难有所结余，更别说发财了。

见周围邻里不少人出去经商都能赚到大钱，回来后又都到自己的窑上烧砖盖房，将家里的院落盖得大大的，深深的。说起话来，嗓门粗粗的。用起钱来，手脚大大的。走起路来，浑身拽拽的。我真是羡慕不已。仔细打听，这些人都是在淮安府山阳县河下发了财，那里是全国著名的漕盐集散地。于是，我决定离家外出，前往河下实现自己的梦想。

我只身来到"富庶如都"的河下。好一个山阳县，真是人间天堂。富商大贾云集于此，"南船北马"在此集散。鲜鱼水菜，让人嫉妒；汤包茶馓，叫人眼馋；淮菜口味，世人称赞；山阳医派，名震南北。

摇身一变，我也成了盐商。经过数年打拼，我挣得瓢满钵满，最终成了徽州首富，顺理成章地成了社会上层人士。既可以与县令称兄道弟，又可以与知府喝茶聊天。娇妻美妾频送秋波，家丁佣人唯命是从，腰缠万贯的感觉就是好。走在大街上，自己不自觉地飘飘然起来。

忽一日听说，山阳县令张榜贴出告示：如果有人要建一条街，可以冠他的名，建他的庙，享万民香火。据说，河下有几位富得冒油的盐商都想去揭，但在告示前犹豫徘徊了许久，都没有鼓起勇气，最终选择。归根到底，还是他们胆量不够。那天，几杯酒下肚，我变得狂放不羁，在几位家丁陪同下，锣鼓喧天地揭下这张告示，引来无数百姓围观。有人啧啧惊叹，有人沉默不语。我环顾四周，目空一切，感觉自己无比高大。谁敢与我斗富？谁能与我比肩？我似乎站在了财富的巅峰。

哼！既然揭你的榜，我就有这个底气。至于街道什么时候动工，完全是我说了算。不过，我鲍四也不是孬种，在建好我"鲍四庙"之后，立即动工建街道，而且建成全国一流的。县令闻言，特意请我到县衙吃饭喝酒，说道："你先建'鲍四庙'，但是你一定得把街道建设得有特色、上档次、够气派。有朝一日，皇上到我山阳县来视察，我也可以请他老人家走上一遭。如果能引得龙颜大悦，你的功劳就大了。"借着酒劲，我拍响着胸脯再三向县令作了保证。

一日，我正在一群家丁的陪同下春风得意地闲逛，忽然就有一位卖莲花的中年妇女跑到我面前合着双手说："鲍老板，敢问你有多少钱财资产，敢夸得下如此海口新建一条街，还用你的名字命名？那你又有多大德行，敢为自己修庙塑像，有多大能耐去受万民香火呢？"

"我钱财无数。莫说建一条街，就是新建一个山阳县，也不费吹灰之力。"我看了一眼这中年妇女，傲慢地夸下海口，哪知这中年妇女竟然大笑起来。

"你谁呀你，你笑什么笑？"我被眼前的中年妇女笑得有点恼火。

我从她的笑容中读到了轻视。

"只有民间技艺无限，哪有天下钱财无数？"中年妇女平静地答道。

"那看来你有什么高超的技艺？"我睥睨了一眼中年妇女。莫说在这河下弹丸之地，就是整个山阳县，也没有谁敢用这种教训人的口气与我说话。

"妇孺人家，我只会做莲花。"中年妇女说完，微微一笑，轻轻地回转身，便从衣袖中甩出了一朵洁白如玉的莲花。

"那好，既然你能对我加以指责，又有此等技艺，看来也是不凡之人啊。如此，你不妨与我一赌。"我仰着脸鼻孔朝天地说道。

"鲍老板打算如何一赌？"中年妇女问道。

"你不是会做莲花吗？这样，你将你做的莲花放在我门前的石板路上，每放一只莲花到一块石板上，我就在上面放一只元宝，我们看谁能放到最后，看是你做的莲花多，还是我的元宝多。"我说完便眯缝着眼睛笑了起来。就那竹篮里的一点莲花，要不了一袋烟工夫就放完了。真是无知者无畏，竟敢跟我赌。

我们约定，如果我输了，地上的元宝赠予乡人，且砸庙毁像。如果是中年妇女输了，那除了准许我建庙塑像，受万民之香火，还将莲花送给我装饰街面。

于是，中年妇女不慌不忙地转身走向街道，走一步便朝地上的一块条石上放一朵莲花，走一步放一朵，走一步放一朵。我则让管家从家里取来了大量银锭，也紧随中年妇女的脚步，走一步便在一块条石上放一个元宝，走一步放一个，走一步放一个。转眼间，大半条街走了下来，一块条石上就是一朵莲花、一块银锭，而就在街即将走完之时，我的银子也用完了，中年妇女的莲花却还有。此时，我真的慌了神、傻了眼。

难道这中年妇女是什么妖女，会什么魔法？

家丁们因来回搬运元宝都累得趴在地上，我也气喘吁吁地一屁股瘫坐在地上，狼狈不堪。围观的百姓越来越多，大家七嘴八舌，指指点点，议论纷纷，我则用长袖不停地擦着脸上的汗。

"鲍四啊，你可记牢了，钱财有限，技艺无限。无德便无福，无福财就尽啦！"中年妇女再次强调道。

我怎么会输呢，竟然输给一位普通的中年妇女。待我偷眼一瞧，这中年妇女相貌清奇，慈眉善目，举止不凡，平静如水。我不禁倒吸一口凉气，莫非真是神仙下凡？

就在我神情恍惚间，中年妇女忽然就化作一阵青烟，冉冉升起，地上的莲花也随之变得红彤彤的，一下印到了每一块石板之上。我这才恍然大悟，原来是观世音下凡，猛醒之后，我连忙跪身磕拜。嘴里连连说道，"菩萨宽恕啊，小人有眼无珠，冒犯了菩萨。南无阿弥陀佛。"

我虔诚地履行承诺，送了银子又砸庙毁像。后来，河下人用这些银子顺着这条石板路新建了一条街，也因此取名为莲花街。

我被菩萨打回了原形。呵呵，不，是我的狂妄和无知将自己打回了原形。于是，我便变卖淮安的房产重回徽州烧窑，但"钱财有限，技艺无限"这句话深深地烙在我的脑海里。是的，人世间，钱财有限，技艺无限。受到菩萨的点化，我不再一门心思地想发财，而是专心烧窑，拾回扔掉的技艺。由于对莲花的印象太深，我开始烧起莲花砖，渐渐又在砖上刻了花木、虫鱼、人物、楼阁。几年之后，我的技艺逐渐娴熟，还收了徒弟一心钻研砖雕技艺。

从此，徽派砖雕技艺名扬四海，蜚声海外。这一切都归功于菩萨的教诲和点化。南无阿弥陀佛！

称娘桥

一座桥站到一个民族美育的制高点，一则故事践行一个民族"百善孝为先"的崇高风尚。

称娘桥富有古朴别致之美、典雅庄重之美、静默谦柔之美，横跨在古城淮安的文渠上。

千百年来，它静听渠水潺潺，目睹季节轮回，历经沧桑巨变，初心不改。

桥南边栏杆上，用隶书阴刻着"称娘桥"三个醒目大字。北边栏杆上是一幅浮雕，图案生动地重现了兄弟俩在桥上称老母体重的场景，并配有寥寥数语的故事梗概。

桥的前身叫乘凉桥，后改为称娘桥，延续至今。名称的更改缘起这兄弟俩留下的一段美德佳话，值得代代颂扬和效仿。

明朝永乐年间，老东门口，住着一户姓杨的人家。父亲早逝，母亲千辛万苦地把哥俩拉扯大。待到老母亲七十多岁时，他们都独立门户，分居于桥的两端。如何侍奉好老母亲则成为他们人生中头等大事。

哥哥叫杨滚，弟弟叫杨辉，都心地善良，勤劳朴实，推崇孝道。无奈哥哥有五个儿女，弟弟也有四个孩子。哥哥仅做一点小生意养家糊口，弟弟靠体力开个磨坊支撑起家庭。兄弟俩的日子过得有点拮据。

古语云：好家分穷，人多汤淡。哥俩每天都谨小慎微，生怕哪里有一点点对不起老母亲的地方。于是，他们商量出一个如何赡养好老母亲的口头协议：兄弟俩每一家精心赡养一个月，谁把母亲养瘦就再罚他养一个月，直到养胖为止。

两家轮流一个月，轮流把老母亲接到家中去过。每月在交接老母亲时，必须到门口的乘凉桥上，当着众人称一下老母亲的体重。请天地见证，请日月见证，请乘凉桥见证，请左邻右舍见证，看谁把老母亲养得更白胖一些，看谁的孝心更胜一筹，看谁的孝举更得到大家推崇。

随后，兄弟俩在争当孝子的跑道上展开了一场友谊赛。就这样，兄弟俩轮流孝敬老母亲，想方设法，穷尽所有，全心全意，让老母亲吃好喝好，安享晚年，福寿绵延。

一年冬天，雪狂风骤，数日不歇，文渠结起厚厚的冰，连古运河也结冰三尺，结实得可以推车走马。老母亲生病刚刚好转，吃饭没有胃口，特别想吃鱼冻。大儿杨滚冒雪迎风，用"卧冰取鲤"的故事激励自己，拼命地用木榔头敲开厚厚的冰，站在冰水中捕鱼帮母亲调胃口。最后，老母亲胃口渐好，能吃饱饭，面色红润，病愈如初。左邻右舍都竖起大拇指，并纷纷以他为榜样。一时间，山阳城尊老敬老蔚然成风。

见哥哥如此，弟弟自然不甘落后。一年夏天酷暑难耐，即使晚上坐在乘凉桥上，也汗流浃背。由于老母亲年岁已大，不幸闷热中暑，病倒在床。杨辉不仅请了城里有名的大夫帮老母亲诊治，还天天熬绿豆汤给老母解暑。同时，他还打开门窗，用大桶放凉水摆在她床前，夜以继日地用蒲扇为母亲降温去暑。老母亲身体舒服了，自己却热昏了，手中蒲扇还在本能地扇动。左邻右舍见此情景非常感动，肃然起敬。

兄弟俩多少年如一日，尽心尽力地侍奉着老母亲，从不敢有半点懈怠。老母亲九十大寿的这天，又轮到老大把老母亲交到老二家。老大把老母亲驮到门前乘凉桥上，他把板凳放在布袋里，小心翼翼地扶着老母亲坐在凳上，然后抬起布袋称。除去板凳、布袋重量，就是妈妈的体重。老大骄傲地宣布又增加2斤，左邻右舍赞叹不已。就在老大高兴当儿，突然"咔嚓"一声，系布袋的绳断了。老母的头不幸磕在了石桥墩上。没等兄弟俩反映过来，老母亲就魂归西天。

兄弟俩泪如雨下，捶胸顿足，痛哭不止。

左邻右舍议论纷纷，最后形成两派意见：有的说，孝心反被孝心误，结果害了老娘；有的说，不能怪孝顺兄弟，老母亲年岁已高，瓜熟蒂落，也算是无疾而终，福报不浅。

兄弟俩哭得死去活来，不顾左邻右舍的劝阻，边哭边争着去山阳县衙投案。兄弟俩纷纷争着恳求县太爷治自己死罪。

县令左右为难，踌躇半日，最后无奈地宣布道："你兄弟俩都别争了，你们将功补罪，买口好棺木厚葬老母。这样的事发生在我山阳县，本官更有未教育好子民的罪责，我辞官归田；连山阳东城墙都有罪，撤去城墙一角，使东西城门楼不对角。以史为鉴，以史育人。"

"我们几乎是在不知不觉地爱自己的父母，因为这种爱像人的活着一样自然，只有到了最后分别的时刻才能看到这种感情的根扎得多深。"法国著名作家莫泊桑这段话，让我对兄弟俩至真、至诚、至美的孝心有了更深刻的理解和把握。

孝到极致应封为神。

我们应该在称娘桥附近为兄弟俩盖座小小的庙宇，里面安放兄弟俩的塑像，用他们的形象去感染人，用他们的故事去鞭笞人，用他们的美德去滋养人。倘能如此，则是百姓之幸、子孙之幸、淮安之幸。

高升造桥

　　横跨在文渠上的高公桥，连接着北门大街和双刀刘巷。它是砖石结构，混凝土桥面，简单朴实，没半点多余装饰和浮夸。

　　桥的西边高大拱形门楣上方镌刻着"高公桥"三个大字。我原以为高公肯定是某位非富即贵的大人物，后来查阅史料得知，高公就是一位生活在社会底层的小小挑水工。

　　多少年前，这里生活着一个仅靠挑水为生的高升，经常到文渠中挑水，而他挑水的地方只有一个石码头，行人都要从一块木板桥上经过。后来，这木板桥因年久失修而损坏，来往行人多有不便，高升便想在这儿建一座砖石结构的便桥。然而，仅凭他一己之力，太难了。于是，他便斗胆向官府建议，在这儿建一座便桥。

　　人微言轻，自古及今都是如此。官府哪里会把一个小小挑水工的话当回事。再说，官府需要用钱的地方太多，哪有闲钱来修建一座桥。官员撇了撇嘴，不耐烦地朝他挥了挥手，请回吧，把自己日子过好才是正道。不过，如果你真想要造座桥，就自己掏腰包吧。

　　官员以为会吓退高升，放弃造桥的念头。哪知高升天生就是一个硬汉子，下定决心自己要建座桥。他发誓不建成桥终身不娶，平时决不乱花一文钱。除了生活家用外，他将自己挑水所得的钱全部集中起来，放在他挑水处的一口深井里。

一个人一旦有了决心，就有了动力，就有了信心，日子就有了奔头。从此，高升变得神采奕奕，身板硬朗，走路挑水时，脚底生风。

集腋成裘，聚沙成塔。一日又一日，一年又一年。高升从没间断往井里丢钱，从健壮青年到年近八旬老翁。此时，他估计井里的钱够造桥了。于是，他信心十足地到山阳县衙，向县官说明当时的官员准允他积钱造桥的事。县衙官员惊讶地望着他，难以置信地望着这个白发苍苍的老者高升，像看天外来客。

高升将县衙官员引到自己积钱的井边，请他派人下去取钱。等钱取出后，县衙官员大为震惊，深受感动，当即特许他造桥。

附近百姓听说后，都十分敬佩，纷纷支持。消息传开后，许多工匠都自愿为造桥尽一点绵薄之力。

一座坚实的砖石桥很快就建好了。高升在桥上走过来又走过去，用手摸了摸桥面，又摸了摸栏杆，兴奋地像个孩子似的在桥上蹦蹦跳跳。数十年的愿望终于实现，他不禁捋着雪白的胡须哈哈大笑起来。谁知这一笑，他竟死在桥上。真是乐在其中，死得其所，算是善终。

"有的人死了，他还活着／有的活着，他已经死了。"

挑水工高升，至今还活在高公桥西桥头的高大拱门上，活在高公桥东的高公庙里，活在高公桥附近老百姓子子孙孙的心中。

古镇河下惊叹千年的回声

题记：河下古镇位于江苏省淮安市淮安区西北隅，古邗沟入淮处的古末口，曾名北辰镇，是淮安历史文化名城的核心保护区之一。

千年的文化气息扑面而来，千年的书香墨味沁人肺腑，千年的清风明月代代如斯。

古镇河下，我更愿意把它想象成一本厚重的史书，陶醉在那惊叹千年的历史回声中。洗净手，再洗净手，怀着一颗朝圣的心，我用一双颤抖的手捧起这本圣贤的书，沐浴在唐宋元明清古老的风中，聆听着古运河千年不息的涛声，跋涉在它千年的历史长河里，徜徉在它绵绵不绝的文字里，努力地把自己潜移默化成一个富有文化的人、一个富有思想的人、一个非常清爽而坚定的人。

点亮历史的灯盏，我欣喜地发现它是一本不可多得的厚重的史书。那被车轮碾成深深辙印的青石板承载着抹不去的历史记忆；瓦椽不整、隔扇半朽的老店、旧宅挤满了历史沧桑的影子；翘檐明月、亭台石碑铭刻着社会的变迁；估衣街、莲花街、钉铁巷、打铜巷、竹巷、花巷、茶巷等条条幽深的街巷观照着历史的真实。我为自己缺少丰富的想象力而惭愧，我为历史留下不多的文字而感到难过，我为许多荡然无存的遗址和古迹而唏嘘再三。

古镇河下，这个平凡的名字却蕴含着不平凡的历史；古镇河下，这个弹丸之地，竟如此厚重深刻而气势磅礴。屏气凝神，蓦然回首，历史的回声如古运河那涛声帆影踏浪而来。

两千五百多年前，吴王夫差开凿邗沟，通江淮以伐齐，河下因近邗沟末口而成聚落。从此，这个小小的河下就深深地打下了历史印记。

隋炀帝修筑大运河后，淮安处于运河咽喉，河下更是运道必经之地，于是南北物资均于此集散，商旅辐辏，日臻繁庶。

河下的繁荣在明清时达到极致。明初大学士邱浚曾有诗云："十里朱旗两岸舟，夜深歌舞几曾休。扬州千载繁华景，移在西湖嘴上头。"邱浚诗中所说的"西湖嘴"便是河下靠近运河堤的一个街名。《西游记》作者吴承恩在他的诗歌《秋兴》中也记述了河下繁荣的景象："淮水风吹万柳斜，高楼飞燕识繁华……日观千樯通贡篚，云旌双郭引清笳。"

康熙数度南巡，第五次南巡过淮安时，百姓列大鼎焚香迎驾，数里不绝。

最喜欢附庸风雅的乾隆皇帝，曾四下江南，每次必至河下，至今仍留下"小大姐赌对戏乾隆"的佳话。传说当年河下食客互相赌对，对不上者付银买单。乾隆遂和大学士纪晓岚微服来到文楼，参与"赌食"，没想到被一位姑娘的半则楹联"宰"了顿早餐。此上联为："小大姐，上河下，坐北朝南吃东西。"君臣百思不得，只得愿赌服输，买单请客。这副对子成了永远的悬念，至今下联留在文楼，上联阙如。

小小的古镇河下，竟关乎诸侯的拓疆扩土，关乎国家漕运、盐运的兴衰，与国计民生息息相通；竟吸引着日理万机的皇帝重臣流连再三、乐此不疲。鉴于此，河下的商业繁荣也就在情理之中，而文化的昌盛则更让人叹为观止。

古镇河下的崇文尚学之风由来已久，在明清两代就出进士 67 名，翰林 12 名，且"三鼎甲"（状元、榜眼、探花）齐全，其中还有一门六进士、兄弟同科进士，素有"中国进士之乡"的美称。更有十余人在《明史》《清史稿》有传。这一数量，令有"江南三大镇"之称的周庄、同里、甪直，都望尘莫及。

历史上，出生于河下，或与河下息息相关的著名人物众多。如兴汉三杰之一的韩信，汉赋鼻祖枚乘、枚皋父子，文学家陈琳，唐代大诗人赵嘏，北宋苏门四学士之一的张耒，盲人历算家卫朴，画家龚开，南宋巾帼英雄梁红玉，明代状元沈坤、《西游记》作者吴承恩，清代道光帝师汪廷珍、温病学家吴鞠塘、朴学大师阎若璩、民族英雄左宝贵、女弹词作家邱心如、船政大臣裴荫森等。

望着这一个个闪亮的名字，翻开这一部部璀璨的历史：他们或为成就帝业立下赫赫战功，或为抵御外族入侵挺身而出，或把毕生精力献给医学事业并创立了"三焦辨证"学说，或在中国的文化史上留下了宝贵的、取之不尽的精神财富。他们的名字与日月争辉，他们的业绩彪炳千秋、永载史册，他们的精神代代传承、永不褪色。

在这小小的古镇，我曾走近河下绅士朱蟹竖立的石碑"古枚里"，一次次想起汉武帝以"安车蒲轮"的特殊待遇召枚乘入京的典故，那著名的汉赋《七发》从我的心头诗意地、排山倒海般地流过；我曾徘徊在韩侯钓台前努力地穿越历史、吃力地解读冷兵器时代最伟大军事家的胸襟和思想，也曾在施恩不望报的漂母墓前驻足良久，那千百年前爱的光芒一再地把我的心情照亮。当我读到唐朝著名诗人赵嘏的《长安秋望》中"残星几点雁横塞，长笛一声人倚楼"时，也曾发出和他同时代的诗人杜牧一样的击节赞叹，记下了杜牧给他的雅号"赵倚楼"；我曾怀着崇敬的心情站在梁红玉那大理石的塑像前，想象着当年的血雨腥风，记下她那刻骨柔情，仿佛置身于她的擂鼓声中，青春依旧、热血沸腾，与宋军一起坚守城池、击退金兵一波又一波的进攻；我曾在竹巷街里一咏三叹着状元楼遗址（据说淮安区政府有重建计划），可惜一切都荡然无存。据说在民国二十八年（公元 1939 年），状元楼被日军拆除。无论如何，我得在心灵的圣地上为留块地，为他立块碑，因为他不仅仅是状元，更是一位抗倭英雄。难能可贵的是，他曾变卖家产，亲自组织训练成一支英勇善战的"状元兵"，一举歼灭了侵犯淮安境内的倭寇，最终平定了江北倭患；我曾不止一次地走进吴鞠通中医馆，既为他的精湛医术所折服，又为他那"秉超悟之哲、怀救世之心"一样的胸怀所感染。走出中医馆，我多么想拂去身上世俗的尘埃，抛弃人间的功名利禄，借助于日月的光辉为世间万事万物望闻听切，为世间的一切生灵消灾祈福，心中荡漾起博大无边的温情。

我不得不在此用重墨介绍一下中国文学史上的两颗巨星：吴承恩、邱心如。吴承恩，中国古典四大名著之一《西游记》的作者。他于明代弘治年间出生于河下古镇打铜巷里，至今，他的故居仍在（故居原屋毁于抗日战争，后于 1982 年于吴宅旧址复建）。当我走进他的故居时，我总在努力地想象他是怎样在那十多平方米的书房里构思出这个鸿篇巨作，他的思想是怎样蛰伏在这小小的古镇河下翻江倒海，他的心灵经历了怎样的九九八十一难。尤其是晚年，他辞官归故里，就着青灯黄卷，每日废寝忘食，同时遭受着儿子早早夭折、妻子病逝的不幸。站在他手握诗书的大理石像前，我觉得他是在泪流满面中高大起来的，他是在艰难困苦中昂首挺胸起来的，他是在战胜无数妖魔鬼怪中而抵达佛的境界的，最终成长为一座后人无法跨越的丰碑。据说，他创作《西游记》与沈坤有关，小说中打遍天庭地府、降妖捉魔无数的孙悟空（淮安方言孙、沈基本同音）就是沈坤的化身。因为，嘉庆年间，奸佞当道，沈坤为人耿直，不愿折腰事权贵，后被小人谗言所害，最终被拷死于狱中。我想孙悟空身上不仅有沈坤的影子，也有作者的影子。或许在作者的心中，孙悟空还是许多许多人的影子，只是我们无法捕捉，也无力捕捉。

邱心如，女弹词作家。古镇河下，既没有她的故居，也没有她的遗址。但她是清代三大弹词之一《笔生花》的作者，单就这一点，就不得不让人肃然起敬、惊叹不已了。《笔生花》仅有 32 回，每回的字数都在 3 万以上，总共达 120 万字。它的故事主角姜德华被点秀女，投水自杀得救，改换男装，入京应试，中了状元，建功立业，官至宰相。她的未婚夫表兄文少霞也经历了许多波折，终于二人结为夫妇。该作品表现了广泛的社会生活，揭露了朝廷的腐败，倾诉了妇女的各种不幸和怨愤，寄托了作者的理想。弹词专家谭正璧先生在《中国女性文学史》中是这样评价邱心如的："一个贫困交迫的女性，能独立成此百馀万言的巨著，而且技术高妙，文辞优美，在中国文学史上能有几人？

古往今来，把古镇当成一部史书来读的人很多，留下的诗词歌赋的也很多，他们成就了一个个时代最响亮的回声。唐代大诗人李白、白居易、刘禹锡，宋代大文学家苏东坡、范仲淹、杨万里、张耒、文天祥，元代诗人萨都剌，明代诗人姚广孝、邱琼山，清代大文学家曹雪芹、郑燮、刘鹗……他们都曾游历、客居河下，都为河下写过脍炙人口的诗词。此时，我多么想写下一两首掷地有声的诗，可我惭愧于自己的才疏学浅，困窘于自己的孤陋寡闻。

面对古镇河下这本厚重的史书，每一次发现都是一次惊叹，每一次惊叹都是一种收获，每一次收获都会让人境界格外高远，神采飞扬。那来自历史深处古老苍茫的回声，在我的心头经久不息、荡气回肠、一咏三叹。

一人巷

在淮安的北门大街东侧，有一条不起眼的小巷。这个巷子长不过几十米，最窄处仅容二人侧身而过，故名"一人巷"。

相传清朝某年某月某日，落第书生白生和无名挑夫在此相遇。此巷过于狭窄，仅能容一人顺利通过。双方便互不相让，僵持起来。

历史性的、戏剧性的一幕在此上演。

白生想，我虽考试不第，但毕竟是读书之人，理应你退回去让我先过。挑夫想，你是书生，仍圣人之徒，知书达理。再说，你空手一人，我重担在肩，理应你退回去让我先过。

其实，谁先通过，是小得不能再小的事情。白生落第，觉得已矮人一截，现面对挑夫再作退让，倘若传扬出去，更是让人耻笑。礼让事小，叫人耻笑事大。无论怎么说，自己毕竟是读书之人。万般皆下品，唯有读书高。于是，充满底气、盛气凌人地说："你作为一名挑夫，乃粗鄙之人，序不可乱，礼不可废，请让我先过"。

这句话触怒了挑夫。挑夫本想放下担子，走过去扇他两个耳光，让他长长记性，让他记住。但转念一想，这岂不是坏了文化淮安的美名？既然你白生认为自己是读书人，很有文化，那么我们就比一比文化。于是，挑夫放下重担，摆下擂台，提出让他对对联。如果能对上，就让书生先过。

白生哂笑了一下，然后上下打量了挑夫一番，见他既没什么文化气质，更没有什么隐士风骨，一位其貌不扬的普通挑夫而已。于是，白生自信满满地同意了。可怜的白生哪里知道淮安挑夫的文化功底，他肯定不知道大学士纪效岚和乾隆皇帝在河下偶遇一村娘对对联时那狼狈不堪的场景。至今，那"小大姐，上河下，坐北朝南吃东西"的上联还没有下联。如果知道，白生定会知难而退。

挑夫手指箩筐，气定神闲地说："好一个无礼书生，你且听好，上联是'一担重泥拦子路'"。白生一听，抓耳挠腮，思虑再三。此联难对，只好羞愧而退，让挑夫先走。白生走在路上，感觉路人的眼光就像无数野蜂蜇着他，让他痛不欲生。

乍看这对联，很是粗俗，纯是大白话。粗鄙之人都能理解其中意思，但它的厉害之处是言外之意、弦外之音。白生必须吃透吃准，且在短时间内对出下联，没有一定的文化功底和敏捷的才思，休想对得工整。它的深层次意思就是"一旦仲尼难子路"。仲尼是孔夫子的字，子路是孔夫子的学生。

从古到今，读书做官深入人心，积淀于中国人的骨髓。"学而优则仕"。学而优未仕，或者学而不优。不仅浪费青春，也耗费钱财。名落孙山的结果就是穷愁潦倒，无人理睬，郁郁而终。君不见，《西厢记》《牡丹亭》《女驸马》等经久不衰的名戏名曲，都是主人翁中了状元而改变了穷苦的命运，才能拥抱着精彩的人生。

无论怎么说，读书人向来是有自尊心的。但自尊心也是一把双刃剑，它既可以催人奋发进取，青春有为，又可以叫人画地为牢，陷进自哀自叹的泥潭而不能自拔。

白生因名落孙山而无颜见江东父老,如今又被挑夫一再难倒。说到底,还是技不如人,学艺不精。于是,他羞愧万分,郁郁寡欢,茶不思,饭不想,日消夜瘦。不久,病入膏肓,客死他乡。

从此,那"一担重泥拦子路"悲怆绝望的声音,时常在白生住过的客房里阴森森地回响。春夏秋冬,从未间断。

说来也巧。三年后的一天,一位楚生从乡下进城赶考。为节省一些铜板,一直到快考试时方才进城。这时,家家客栈客满,户户马厩无桩,眼看太阳快要落山,楚生仍投宿无果。万般无奈之下,只身到了一人巷。看到一间客房,门上布满灰尘,门锁也锈迹斑斑。主人告之,此乃鬼屋,多年无人敢住。楚生说,我乃读书之人,不信鬼怪,请让我住下。店家无奈,只得让他住了进去。

楚生秉烛夜读,直到子时方才入睡。刚刚睡了一会儿,就感觉阴风乍起,鬼屋中突然阴森森地响起"一担重泥拦子路",楚生惊醒之后,并没落荒而逃,而是连忙起身取笔记下了上联,引经据典,寻章摘句,反复揣摩未果。

第二天,午饭过后,楚生和店主谈起此事,店主便把三年前发生的事说与楚生。楚生听后,一脸凝重,默默无语,心生感慨。

楚生独自一人信步走出一人巷,观赏淮楚风光。镇淮楼古朴凝重。漕运总督和淮安府衙威仪四方。文渠潺潺,曲径通幽。运河之水泱泱而来,绕城而去。河下码头装货卸载,分外繁忙。板闸榷关车水马龙,络绎不绝。

古楚淮安,人杰地灵;商贸繁华,名不虚传。楚生吸取了营养,寻得了灵感,梳理了才思。

当晚，楚生沐浴更衣，焚香达旦。攻读文章，睡意全无，直到寅时辰光，阴风又起，联句再现。早有准备的楚生，胸有成竹地对着阴森森的回音，拜了几拜，高声吟唱道："万家夫子笑颜回"，白兄可瞑目也？

"万家"对仗上联的"一担"，"夫子"对仗上联的"重泥"即"仲尼"，"笑"对仗上联的"拦"即"难"，"颜回"与"子路"同为孔夫子学生，亦相互对仗。此联对仗工整，绝无拖泥带水、牵强附会。

此后，鬼屋阴风自灭，鬼联亦绝，最终归于平静。

说来也巧，楚生参加殿试时，皇上也出了这个上联。其结果，楚生自然是独占鳌头。

一人巷中鬼屋踪影难寻，遗迹不在，但传奇故事则在民间口口相授、代代相传。

龙窝巷

龙窝巷，位于驸马巷之东，漕运总督以西，南北走向，长200多米。

既无名山，又无名川，巷道两旁多是普通的传统民居，很难想象这里竟然是藏龙卧虎之地。然而，就这一个普通的巷道，却因一个传说而闻名遐迩。

在这条巷道的北头，原来有一座庙宇，建于宋嘉祐年间，名曰"大圣堂"，供奉大禹圣像。历史上的淮安常遇水患，所以"大圣堂"香火颇旺。

传说，大圣堂里住着一位住持。附近居民没人知道他姓甚名谁，来自哪里，但大家都叫他"口口道人"。他仙风道骨，鹤发童颜，待人谦和，擅下围棋。一名独眼小道童跟随他左右，任他使唤。

"大圣堂"隔壁住着一位私塾先生，先生一脸书卷气，满腹经纶像，也擅长围棋。两个人时常坐在"大圣堂"门前的一棵老柳树下一边切磋棋艺，一边喝茶聊天，甚是投机。一来二往，成为好友。

一天，道人外出有事，先生到"大圣堂"，见小道童伏案痛哭，甚是悲痛欲绝。先生心生怜悯，急忙上前询问缘由。小道童哭了许久，才泪流满面地停下来，哽咽着对先生说，自己已经外出数年，家父去世多年，家母一人在家，不知是死是活，自己甚是想念。自己一个人时常在夜深人静时独自流泪，这只眼就是哭瞎的。无奈道人不准。自己才心生悲痛。先生听他诉说，便认为道人太过寡情薄意，甚至有点不讲情理。认为回家探母，乃人之常情，世间大义，岂有不准之理？于是，让小道童快去快回，如果道人知道了，一切责任由先生担待。

小道童转悲为喜，急忙下跪央求说："既然如此，请先生帮个忙，将后门封条揭开，我到后院甘泉井打桶水，洗洗脸就走。"二人一起来到后院门口，先生刚将封条揭下，小道童像一阵风似地跳下井不见了。

先生傻愣在井边，并茫然地向井中伸出双手，企图捞住什么。先生急得一脸虚汗，不知如何是好。此时，道人正好赶回来，见此情景，他口中念念有词，运起神功，搬来一块大青石，牢牢盖在甘泉井上，同时又画上了一道符。

先生满脸羞愧，忙赔礼道歉，并询问这神秘独眼小道童的来历。

原来，小道童就是当年水漫泗州城的王母娘娘儿子独眼龙。王母娘娘为了要报丈夫泾河老龙被魏徵斩杀之仇，挑起两桶五湖四海水，准备淹没人间。经过老淮安西门时，东方刚泛鱼肚白，此时，她已饥肠辘辘，脚底不时趔趄，脸上冷汗直流，于是四下张望，突然眼前一亮，只见不远处有一家面馆。她走近一瞧，店里刚刚开门，门前有一位小童打扫地面，她是第一位顾客。那老板娘端庄娴熟，清秀大气，眉眼不凡，店里里收拾得也非常干净整洁。她早就听说淮安阳春面滑溜爽口，唇齿留香，声名远播。于是，她走进店里要了一碗阳春面和一小卷香味扑鼻的淮安岳家麻油茶馓。

面店老板娘见她进来，面带微笑，热情相迎，客气招待。哪知，一碗面和一小卷茶馓还没吃完，肚子就痛得难以忍受，满地打滚。面店老板娘忽地变了脸，原来是观音菩萨，给她吃的是镇妖铁链。阳春面就是那黑而粗的镇妖铁链，金黄的淮安岳家麻油茶馓就是那镇妖金锁。于是，观音菩萨将王母娘娘锁在西门外，化作一道大堤，以防洪泽湖堤坝决口。而她的儿子独眼龙从此便无依无靠，在甘泉井下暂居，寻找机会解救母亲。道人去井里汲水，发现了小道童，将他变成独眼小道童，教育他一心向善，不要像他父母那样与民众作对，并用画着符的封条封住通往甘泉井的后门，希望他死了为母报仇的心。

哪知他不知悔改，难成正果，辜负道人一片苦心。说到此，道人长叹一声，天地轮回，一切皆有定数。只是不能再让他们危害人间。

附近的居民认为甘泉井是龙的窝穴，甚至还直通东海龙宫。从此，这条巷子就取名为"龙窝巷"。

第二辑

听梁祝

听梁祝

梁祝，两朵古典的花，沐浴在古风中，一凋一谢、一悲一伤。

梁祝，两个七彩的音符，游走在小提琴的四根弦间，忽缓忽急、忽喜忽悲。

天上人间，轻叹一声。

山川河谷穿着忧伤的衣裳，道路桥梁笼罩着荒凉的气息，亭台楼阁弥漫着古朴的诗意。山谷里蝴蝶翩翩，小河旁鸳鸯戏水，情意绵绵不绝。天涯茫茫，世间知音难觅。此时，我只想拥有一把纸扇、一卷诗书，从这充满物欲的社会里转过身去，脚踏一朵祥云，随清风明月，与它一起飞翔。银河旁系着爱的小舟，月亮里住着情的童话，胸腔里激荡着天荒地老的誓言，翅膀上疯长着情和爱的光芒。

听梁祝，真地需要带着诗意的心境去接纳；听梁祝，真的需要一个很好的背景来衬托；听梁祝，真的需要一个美妙的序幕作铺陈。

沐浴。焚香。再来一杯清茶。可以用它洗涤心头的尘埃，可以用它打开内心的荒凉，可以用它唤醒沉睡的真情，可以用它慰藉不灭的相思。

下雪的日子，梁祝款款而来，弥弥漫漫，晃晃悠悠，悲悲戚戚，忽然间如泣如诉，草木含悲，惊天动地，混然一色。朵朵雪花，怎一个"冷"字了得！此时，我躲在一个人的世界里，守在一个人的窗前，抚摸一个人的孤独，舔着一个人的悲凉，守住一个人的期望。屋子里的音符是蝴蝶，窗外的雪花是蝴蝶，栖息在心头的情思是蝴蝶。在蝴蝶的世界里，我瞬间虚化成美丽的精灵，心中只剩下凄艳的美好和深情。在情和爱的面前，我无法盘坐在莲花之上微闭双眼、双手合十，拒绝柔情似水的目光，推开香袭玉扰的烦恼，割断骨肉亲情的牵挂，面如死灰、心如止水、无欲无求，叹一声"阿弥陀佛"。

一曲梁祝，是真情在暴动，是飞翔在吟唱，是情爱在疯狂。看得见的是伤痕，望不穿的是忧伤，我用一辈子的时光把她喂养，我用大海一般的深情把她丈量，我用高山之巅的呼唤追寻她的回声。历史与现实，东方和西方，有许多讲不完的故事，有许多道不明的原委，有许多诉不完的衷肠。雪停月出，天河茫茫，冰雪相照，目光如玉，老天那多情的眼泪或许早已打湿了衣裳！

春暖花开，莺飞草长，最好身边能有一位红颜知己相随。两个人手牵手，蹀到江河边，在一僻静的堆堤旁坐下，望着春江水暖，守着潺潺水声，品着芦苇青青，经营两个人的梦想，构筑两个人的世界，让蝴蝶在我们的心头缠绵，叫春梦在我们心海荡漾，像蜻蜓临幸清荷，若羽化而飞登仙界。假如只是我一个人，我一定会用一支烟点燃这春色，让寂寞在这里燃烧，让荒芜在这里袅绕，让梁祝飞满我生命的天空，在我的心底投下无数美妙的倩影。静下心来，怀想初恋的清纯，臆想偶遇村姑的味道，咀嚼白头到老的誓言。当春鸟回林、春鸭归栏，我才会步履蹒跚地载着星月的光辉、带着梁祝的味道、怀揣着春天的梦想回家。

月光如水的夜晚，一个人静坐在阳台上或者院落里，一种久违的深情最易走进自己的心灵，一种真切的感动最能在自己的眼里绽放出美丽的泪花，一曲梁祝最能打湿自己枯寂的心情。"同窗共读整三载，促膝双肩两无猜；十八相送情切切，谁知一别在楼台。"我在享受着月光的纯净，我在品味着爱情的内涵。真情难寻，真爱难得。此时，我的灵魂仿佛已经摆脱了肉身的纠缠，再次回到乡间小道上，再次青春依旧，与梦中的人儿散步，与梦中的人儿在楼台依依惜别。或者在小城的雨巷中，对着梦中人儿的背影正在痴情地回望。在这很物质的社会里，我正穿越历史，踏平障碍，洞察着弥足珍贵的真情真爱。

梁祝，两座枯坟，死去的是肉体，不灭是灵魂，超越了生与死的界限，铸造的是情和爱的丰碑。油盐酱醋遮不住她的容颜，工作生计退化不了她的底色，风雪严寒抹杀不了她的纯真。

前世今生，一生一世。超越生死之外的，我想，只有"情爱"二字。

梁祝，两朵开不败的花，一首唱不衰的歌。此时，洛尔迦《吉他》中的诗句像一弯新月悄然爬上我的心头：吉他的呜咽／开始了／要止住它／没有用／要止住它／不可能／它单调地哭泣／像水在哭泣／像风在雪上／哭泣／要止住它／不可能／它哭泣，是为了／远方的东西。

已过不惑的我，正用困惑的目光眺望远方：一对美丽的精灵，正追随浮云翩翩起舞。若隐若现，时明时灭。

春江。春月。春花。春夜。

我想在每一个字的前面都安上"春"字，我想让每一字都温暖荡漾起来，我想叫每一个字都明媚起来，我想让每一个字都变成一幅幅春心无边的画卷。这些画跟随我的思绪，慢慢地浸润开来、飞动开来，铺陈在我生命的天空，从我的心海伸展至天际。

我想用稚拙的笔去解读《春江花月夜》，我想用世俗的耳朵去聆听《春江花月夜》，我想用沾满尘埃的脚步走进《春江花月夜》。此时，我只想缴械投降，敞开自己的心扉，把喜怒哀乐和盘托出。

皓月当空，清风徐来；天地苍茫，万物灵动。一位唐朝的诗人正站在江畔，面对波澜壮阔的江水，望着亘古如斯的明月，聆听天籁，不禁激情澎湃，感慨万千。

面对《春江花月夜》，我仿佛瞧见一位古典的美人，梳着高高的发髻，穿着霓裳一般衣衫，面如满月，情思如水，超凡脱俗，恍若仙子，弹着古筝，尽情地挥洒、演绎、放纵。清风明月，端坐江畔，楼台亭榭，乐声随风轻起。此时，我希望自己寻得一个美妙的处所，洗耳恭听，让身体自由自在地飞翔起来。

一轮皓月悄然从潮水中升起。这是一轮唐朝的月，这是一轮张若虚的月，这是一轮诗意盖全唐的月。即使在唐朝也没有哪个夜晚、哪轮明月这么皎洁、这么透彻、这么唯美、这么灵动。她正张开诗意的翅膀，朝我翩翩飞来，缠绵在江畔，栖息在我生命的天际。她用那如水的光芒灌溉着我的生命，她用那特有的皎洁净化我的思念，她用那无与伦比的丰润滋养我的灵魂。此时，我的四肢百骸仿佛游走着她的性情，身体的每一个细胞膨胀着她的光芒，梦境里疯跑着月的神话。或许，在她眼里，我只是一头怀揣诗意的、惬意的野兽。

　　一江春水向前奔流，努力地射中前方的目标。或水平如镜，或激流澎湃；或浅吟低唱，或迂回缠绵。从江天一色处，传回月光那缥缈的水声，传回春天那虚无的梦幻，传回古筝那依稀的倒影。此时，渔火就是春月和春江的情话，扁舟就是月光和春水的爱之舟。花林芳甸，春鸟喷喷，我突然虚无起来，仿佛失去了自己，心中只剩下这春江、春水、春月的深情。

　　在这春色无边的夜晚，一切都突然风情万种起来。

　　玉女吹箫，春花思蝶。一种相思，两处闲愁。女人把月色、春水、幽幽的离愁别恨全部吹进箫里，吹乱杨柳，吹遍江畔，散落在夜的每一个角落，奔走在思妇和游子的梦乡深处。春江畔的女人花在月色的掩护下悄然绽放，与一江春水应和，和江畔月色呢喃，把一个个蝴蝶梦打扮得惟妙惟肖。

　　此时，海子的《面朝大海，春暖花开》像一江春水从我的心头缓缓流过：从明天起，做一个幸福的人／喂马，劈柴，周游世界／从明天起，关心粮食和蔬菜／我有一所房子，面朝大海，春暖花开／从明天起，和每一个亲人通信／告诉他们我的幸福／那幸福的闪电告诉我的／我将告诉每一个人／给每一条河每一座山取一个温暖的名字／陌生人，我也为你祝福／愿你有一个灿烂的前程／愿你有情人终成眷属／愿你在尘世获得幸福／我只愿面朝大海，春暖花开。

我多么渴望自己最终盛开为一朵迎风舒展的莲花，那玉女吹箫处或许就是我今生今世的灯盏、来生来世的星辰。

蒲草情

"蒹葭苍苍，白露为霜。所谓伊人，在水一方"。

诗意中，我意乱情迷；芦岸边，我投怀送抱；月光下，我天马行空。《诗经》夯实我前世情感的根基，丰富我今生的爱恨情仇。向往之所，置于高地；面朝大海，春暖花开。

梦境中，晓风残月，折柳相送。四目相对，温情舒畅，依依难舍。须臾，伊人的怀抱中躺着幸福满满的芦苇花和温暖清新的蒲草。伊人低眉含羞，衣裙飘飘。绿草荡——我诗意的梦、我如水的情，她摇曳着清新脱俗的荷叶和菡萏，我梦想自己能够驭风飞翔，顾盼生辉。

睁开眼来到这个世界时，我所看到的，除了父母和小木船，就是这亲切和善的蒲草和芦苇。它们深刻地改变着我的命运，抒写着我的人生，盛载着我的深情。

有水的地方，蒲草就会探出稚嫩的头颅；有"荡"的地方，就会挤满茂盛的蒲草。它们千姿百态，柔情万种，随遇而安，逐水而居，与芦苇称兄道弟，和荷叶心照不宣。你随时随地可以向它索取一些东西，它似乎都会慷慨解囊、无私相助。春花夏实，夏花秋实，一年四季硕果累累。我们采摘过它夏天的花朵——那贵如金的金黄色花朵，它有着黄金一般的光泽，再通过太阳的暴晒和细筛，变得更细腻、更柔软、更金黄。最后，把它送到农采站，换来新崭崭的票子，温暖着那些贫寒而又饥饿的日子。

秋天，蒲草浑身湿漉漉地爬上岸，急需站在长满阳光的田埂上晒个金灿灿的太阳，喝饱温暖芬芳的阳光，然后心满意足地躺进属于它们自己的"粮仓"。绿草荡畔许多人家，稻谷的粮仓常常在屋前，蒲草的"粮仓"往往在屋后。如果没有这两个"粮仓"，就是村里真正的穷人和懒汉，让人笑话也是情理之中的事。

可是，小时候，在我看来，蒲包是位地地道道的压迫者、剥削者，甚至是父母的帮凶。它无情地剥削我早晨金色的阳光，压榨我昏昏欲睡的午后时光，打劫我如水的月光下的童谣。然而，它也成就了我们的一切：上学的新书包，春节穿的新衣裳，风不透、雨不漏地砖瓦房等。哪家突发自然灾害了，蒲包都会冲在最前面。村里人家，送蒲草的送蒲草，派编织能手的派编织能手。蒲包能抚平许多创伤，能治愈无数悲痛，能挽救一个又一个破落衰败的家庭。每一户人家的庆祝都有蒲包的身影，每一场喜事都散发出蒲包的体香，每一桩美满的姻缘都有蒲包的故事。这平凡的蒲草，这小小的蒲包，孜孜不倦地为那些艰难岁月抹上一层又一层温暖而吉祥的金色。

村里有位大文人，写了一篇《小蒲包织出大寨村》，居然登上《人民日报》头版头条。一时间，中心村成了远近闻名的大寨村、人人向往的模范村。

不知为什么，忽然有一天，蒲草、蒲包再也无人问津。从此，它们的身影在人间蒸发，它们的故事不再更新，它们的成就戛然而止。可我时常在夜深人静时会情不自禁地轻轻抚摸着它们的美好，遐想它们的未来。

月光下，空气弥漫着草荡的气息，散发出蒲草的体香。一群小孩，跳起皮筋，唱起童谣：穷蒲包，哭蒲包；小蒲包，赛元宝；大寨村，上头条；女娃多，日子好；男娃多，淘气包。

绿草荡大蛇

　　一条大蛇，一条小木船般的大蛇，闪现在湖面，叫人措手不及、惊恐不已。

　　它惊涛骇浪，高高地鹅起头，目光威严、冷血、阴鸷、贪婪，似乎能够横扫百米之内的生灵。

　　我和百鸟一起噤若寒蝉，我和小木船一起屏住呼吸。浩浩荡荡的绿草荡，高低起伏的绿草荡，是绿草的地盘，是水的地盘，是荡鸟的地盘，是蛇的地盘。我的出现、船的出现，惊动了"荡"、惊动了鸟、惊动了蛇。它那警惕的目光，排斥的情绪，野性的举动，叫人毛骨悚然。

　　大蛇似乎发现了我，突然向我加速游来。此时，我没有其他退路，拼命地逃窜是我不二的选择。我用竹篙使劲地击打着水面，朝四周围虚张声势，小木船像脱缰的野马在水面狂奔。竹篙在手，眼前是浪花，身后是浪花，我和小木船被雪白的浪花包裹着，叫人窒息。浪花一浪高过一浪，浪花飞翔在我的视野中，浪花遮住我的天空，浪花堵住我的"前程"。

　　我仿佛闻到蛇的气息，听到蛇的呼吸，触碰到蛇的包子和唾液。终于，在浅滩处，竹篙累坏了，我也瘫倒在小木船上。

芦苇静默，水平如镜；水鸟悠闲，鱼翔浅底。我猛吸着卷烟，安抚着心脏，享受起生命中美好时光。劫后余生，从此，我不会对平平淡淡的生活无动于衷，不会对粗茶淡饭心生厌倦。蛇早已游进了漫无边际的芦苇丛中，甚至潜伏进自己的洞穴。偶尔，在水的深处，芦苇的深处，惊起一群又一群水鸟，我手搭凉篷，深情地望着一群又一群从天空飞翔而过的水鸟，忽然觉得，我或许就是一群水鸟中落单的那一只。孤苦无依、形单影只是人世间最难医治的痛，我的眼里忽然涌起苦涩的泪水。

我正用长长的喙轻轻梳理起自己沉重的羽毛，用受伤的蹼轻轻地划动平静的湖面，用嘶哑的声音叫唤着失散多年的亲人。我怀疑刚才的蛇是不是幻象，刚才的场景是不是虚构，刚才的我是不是在穿越。湖面上的几朵白云优哉游哉，几只鸟轻轻掠过，仿佛诉说着另一个世界，传播着另一种真相，诉说着另一种情怀。我很想伸出手去打开属于这个世界的那扇门，很想迈出脚步踏上通往这个世界的那条路，让自由永驻我的灵魂。

小时候，我曾无数次遭遇过蛇。上学路上，一条长长的蛇横在小路中央，不进不退，似乎在逗我玩。我只好把书包抱紧在怀，再后退几步，然后紧闭双眼，猛地从蛇身上蹦过去。送饭给正在"荡"里劳动的父母时，我一定要通过那座小木桥，可一条细绳般的小蛇偏偏横跨在小桥上，我只好用木棍吓唬它。它慢腾腾地游进河里，然后扬长而去。到瓜田里摘瓜时，一条小蛇突然袭击我，我落荒而逃。许多次，它仅仅够到我的鞋跟。许多时候，蛇对我似乎并无恶意。它们几乎都是很有分寸地吓唬我一下，证明一下自己的存在，然后就消失在另一个时空。这些充满灵性的生灵啊，叫人困惑，让人着迷。

许多年过去了，我们再也没见到过那条大蛇，再也没有听到它的新闻。人们的脸上再也没有重现过遇见大蛇时的惊恐，只有说不清道不明的淡淡失落。我盼望村里人能再目睹这条蛇，再谈论这条蛇，让它的故事天天更新、绵延不绝。或许这条富有灵性的有望成为龙的蛇，早已上了天，驾云西行。

九龙口，善与恶的见证地，龙和蛇的分水岭。传说，在九龙口，九条小龙与一恶蟒决斗，最后同归于尽，成就了一块乌龟地，撮合出神秘的荡心岛。九条小龙化为九条河，这九条亲切而善良的小河，既能慷慨地灌溉人们干涸的心灵，又能很好地解救我们肮脏而苦难的灵魂。

蛇在地上为蛇，飞到天上成龙；水在地上为水，飘上天空就是云。九龙口，是九条龙的道场，是人们安放心灵的圣地。每一次走进绿草荡，我都会虔诚地仰望她、亲近她，并努力地汲取一种善与美的精神为自己刮骨疗伤、排毒养颜。

鸟

绿草荡，一次又一次深情地回响起《一个真实的故事》。

旋律真挚而缠绵，情感美丽而忧伤，画面立体而诗意，穿透我的胸膛，震撼我的天空，直达我的灵魂，让人泪流满面，唏嘘再三。

如果说鸟是绿草荡的花朵，那么丹顶鹤就是花中牡丹。刚二十出头的徐秀娟就是养花、护花、放飞花朵的达人。大学毕业后，她怀揣梦想，带着三枚丹顶鹤的卵，从东北齐齐哈尔扎龙自然保护区来到盐城湿地。为救护一只受伤的丹顶鹤，她滑进沼泽地，从此再也没有回来。她用青春、爱心、满腔热血，甚至生命诠释着人世间最高贵、最无私、最真挚的人性之美。

那一年，她才二十三岁。一朵戛然而止的花，永远定格在绿草荡的深处。

走进绿草荡，就能很好地走进鸟的世界，仰望鸟的天空，体察鸟的性情，感受鸟的美丽。人性中至真至善至美的东西被激发、被唤醒、被燃烧。徐秀娟的故事时刻提醒我要带着对鸟的挚爱、对美好生活的渴望诗意地飞翔。

然而，在那个物质极度贫乏的年代，人们的心灵是混沌的、愚昧的、野蛮的。面对饥饿，我们不得不一次又一次迁就那洞开的嘴、贪婪的胃。我曾一次又一次地跟随父母深入绿草荡，像收割庄稼一样收割幼鸟，像翻弄土地一样翻弄鸟巢，像捡拾麦穗一样捡拾鸟蛋。鸟儿的眼泪，没能让我们心生怜悯；鸟儿的尖叫，没能让我们就此收手；鸟儿的哭泣，没能让我们放下猎枪。

留下这只幼小的灰鹤吧，我来喂养它。我含泪哀求父母。不知为什么，父母的心肠竟然柔软下来，答应我的请求。从此，我有了一只幼鸟，有了一个相依为命的小伙伴。面对它清澈无邪的目光，我的内心总会涌起无限温情和莫名惆怅。

一只破旧的小木桶算是它的新巢，一把稻草成为它的被褥，一片有弧度的瓦片就是它的饭碗。它不吃米，不吃虫，只吃小鱼小虾。我不得不在完成编织蒲包任务后，背着父母用来洗菜的篮子在小河边水草处捕捉小鱼小虾。时间长了，在它的眼里，我就是它的衣食父母。只要我走近它，它就会展开翅膀张大嫩黄的嘴巴。我有时傻傻地想，如果有朝一日，它能从我的手中轻轻飞回天空，再轻轻飞回我的肩膀，那是多么美妙的事。

那天晚上，父亲走到小木桶边，发疯似的抓起这只幼小的灰鹤摔在地上（父亲大概听到别人说我捉小鱼的事）。我的眼泪，我的哀求，只能招来一顿打骂。它嘴角在流血，两只爪子蹬了几下，随后永远闭上稚嫩而又清纯的双眼。

母亲做了一道菜——小咸菜炖小灰鹤，屋子里弥漫着久违的肉香，甚至蔓延到院子外。哥和姐一脸幸福地喝着稀饭就着这菜，并不时地朝我做鬼脸。我有气无力地端起饭碗，眼里噙着泪水。

父亲叹了一口气，说，"为一只小小的鸟淌眼泪，以后不会有什么大出息。"母亲则恶狠狠地欲用筷子打我，但举到半空又收回来。我抬起头来，发现母亲的眼里也含着泪。

幼鹤的结局，在我内心深处留下难以磨灭的悲伤和阴影。许多年过去了，每当我一个人独处，《一个真实的故事》的旋律时常会悄然袭来，挥之不去。许多时候，它一次又一次地帮我擦干泪痕，救赎我蒙尘的心灵。

喜鹊

喜鹊运来祥瑞之气，轻叩村庄的心扉。

庄户人家的门楣上，闪烁着喜庆的光芒，演示出无限风光，预示着风调雨顺。

田野无比坦荡诚实，云彩蛰伏天公美意。田野一生始终践行着"种瓜得瓜，种豆得豆"的人生格言。

当喜鹊成双成对掠过田野时，天地之间便升起祥云。

喜鹊用非白即黑、非黑即白的人生哲学塑造着外表，探讨着人生，谋划着生活，并世代传承，子子孙孙永不悔改。

喜鹊是一团黑白相间的火焰，身体里面住着一位不屈不挠、坚不可摧的神。

它修炼出坚硬的喙，锻造出惊人的耐力，培养出团队精神，能驱逐敢于冒犯它的水蛇和松鼠，它们甚至聚众合力将鹰赶下神坛。

在鸟的世界里，喜鹊写出精彩的传奇。

鹰，空中的霸王，众鸟的神。敢于挑战鹰的鸟该具有怎样的勇气、决心、谋略和信心？

喜鹊，这空中的鬣狗，鸟中的流氓，懂得进退，精通谋略，深谙鸟性。在它面前，许多对手都不得不败下阵来。

这是小时候难得一睹的惊心动魄的情景：喜鹊从自己的巢中叼出一条细长的蛇，在空中狂舞着。许久，喜鹊松口，蛇落下。随后，喜鹊一个敏捷而潇洒地翻身飘落，再次叼住蛇狂舞。如此三番五次，蛇最终落到地上。待我们小心翼翼靠近仔细一瞧，许多时候，那蛇或断成几截，或瘫在地上没了气息。

从此，对于喜鹊，我们在内心深处有了更多的敬畏。

村子里，喜鹊通常喜欢将巢筑在非富即贵的人家。宽大宅院的四周，时常有挺拔气派的树木，进进出出的主人，眉宇舒展，胸脯挺拔，脚步矫健，声音洪亮。许多时候，刚踏进村口，你就能第一时间发现气势磅礴的建筑物。

这吞吐着祥瑞的高大而又醒目的喜鹊窝串通起好运，昭示着吉祥，聚东方紫气，喜迎八方来客，傲视"芸芸众鸟"。

喜鹊已成为一个闪光的符号，一个响亮的品牌，甚至一种世俗的文化，积淀在人们的血液中，植根于人们的灵魂里，世代坚守，不会被随意更改。

人们总试图给动物贴上善和恶、美与丑的标签。即使有人挺身而出，费九牛二虎之力，用翔实的事例、科学的数据试图还原事实真相，可人们就是不消化、不接受、不变通。人们乐于以讹传讹，乐于掩盖瑕疵，乐于隐去真相。

喜鹊和乌鸦是近亲，它们叫声相似，饮食习惯相似，智慧相当，但待遇迥异、命运不同。一个善，另一个恶；一个美，另一个丑；一个智慧，另一个狡猾。

乌鸦满肚子的委屈无处诉说，更不容声辩，归根究底是宿命。

有诗云："喜鹊啼声闻四野，报喜消息传乡里。"除了报喜之外，它还是一座通往永恒的爱的桥梁。据说，每年农历七月七日牛郎织女相会时，人间所有的喜鹊都会一起飞到天上，用自己血肉之躯构筑一座通往爱情的桥梁，成全这天地间至真至美、惊天动地的爱情。

喜鹊是众鸟中吉祥喜气的神。除了凤凰，谁也无法代替。

一位儿时一起长大的哥们儿，将自己食品公司做的喜糖冠名为"金喜鹊"，深受大众喜爱。"金喜鹊"时常展开金色的翅膀飞往全国各地，甚至远飞海外。

甜蜜奔跑在嘴里，喜庆绽放在心头。洞房花烛的夜晚，喜鹊把一往情深的倩影印在红红的窗花上，柔情蜜意地栖息在高枝上，缠缠绵绵地吹响最美好、最深情、最甜蜜的祝福。

流浪猫

流浪猫的叫声，如婴儿般啼哭——独特、阴森、恐怖。

黑夜带来的恐惧似乎可以通过声音来表达。它固执地把夜色描绘得阴暗些，再阴暗些，小区的灌木丛一点点动静瞬间染上鬼魅的色彩。

一个黑色的纸人扮着鬼脸，鄙视着火星，躲在更阴暗的地方，表示自己无比真诚。

树上的鸟儿屏住呼吸，偶尔朝遥远的星空投去不解的目光。银河边一定站着许多高大茂盛的树木，上面一定栖息着无数只金光闪的神鸟。

一对明亮的星星用目光交换着目光，用感动交换着感动，用梦想交换着梦想。我想，它们偶尔也会发出尖叫，或因痛苦或因喜悦。一串黑暗的词牢牢地盖住它们，让它们无法跨越浩瀚星河，让它们的叫声淹没其中。

流星雨却是一群流浪的星辰。它们视规矩为草芥，视星空为游乐场。自由有时需要付出粉身碎骨的代价，尽管有点得不偿失，但它们意志坚定、前赴后继。

流浪猫似乎很享受这种流浪的感觉，它们陶醉在漆黑的夜色里，漆黑的夜可以很好地掩饰它们的真、它们的丑、它们的恶以及酸甜苦辣的眼泪。

路灯似乎抓住了黑夜的把柄，生编硬造一些词，对猫的叫声无限夸大，然后将其挂在夜空深处，不停地拷问、质询。可叹的是，猫的叫声和黑漆漆的夜无法泾渭分明。有时，它们齐心合力把夜推向更深的深渊。那里深藏着惊心动魄而又丰富多彩的梦。

夜色是深不见底的沉重的梦，能够掩盖许多真实的面貌和荒诞不经的故事。

往上数三代，或者五代，甚至更多代。流浪猫的"先猫"都是家猫。"先猫"们都有方向、目标和主人。许多时候，它们纵横家园，它们看守粮仓，它们衣食无忧，它们子孙满堂。许多日子，它们日落而作，日出而息，偶尔伸出一个幸福的懒腰，再用锋锐的爪子挥洒自如地洗把脸。那柔软绵长的舌头，添天添地添树木，最后深情地添着锋锐的瓜子。它们幻想用瓜子解剖世间万物，满足自己难填的欲壑。

世间大概只有爱才能地老天荒。

一旦失去了家，或者与主人走失，它们就踏上流浪的征途。从此，它们再也没有回家的路。它们的下代甚至下下代，都以流浪为生。这是无法改写的宿命，再漆黑的夜也无能为力。

城市中，许多不便暴露的肮脏都转移至地下。即使暴雨如注，也无法还原出一个清白明亮的身体。

流浪猫身体内外住着许多细菌和病毒。它们特别钟情于地下。时常鄙夷宽阔的地上。

如何活得更安全一些，始终是城市中流浪猫首先要考虑的问题。

乡村的流浪猫相对自在些、干净些、简单些。

什么样的诱惑具有超凡魔力？它们像农民一样拼命地朝城里挤，即使头破血流，体无完肤，也乐此不疲。

见识太多，城市中的流浪猫有时也会动起歪脑筋。

流浪猫偶尔也会走进寺庙里烧香拜佛，甚至吞噬祭品。当然，那是它们做错事之后的忏悔。

太阳照常升起。流浪猫躲在城墙上晒太阳，阳光的安抚，让它们放松四肢百骸。

流浪猫眯起的双眼，住着深不见底的孤独。

孤独有时是财富，有时是深渊。

流浪是一首歌。只是许多饱含深情的歌词被猫剪辑到深不见底的孤独里。从此，难见天日。

梦里练就绝世神功，醒来则烟消云散。流浪成为它一生永恒的主题。

小桥流水

题记：诗意地活着始终是人类追求的最高境界。

小桥流水是我们精神家园的起点，也是我们精神家园的终点。既是起点，也是终点，这本身就充满哲学味道。它让我们的心灵静谧、安详、柔软，像一朵朵盛开的莲花，也像静默在天宇深处的一颗颗星辰。

小时候，家前屋后都有河流，那一望无际的田野更是风光无限，稻麦飘香。不远处还有几座大大小小的老木桥，桥下溪水潺潺，小木船川流不息。与江南那优雅、厚重、精致的石拱桥比起来，它显得粗笨、丑陋、原始。可我每天都可以通过这一座座木桥，背着书包上学校。

一座座木桥成为我通往知识殿堂不可或缺的情感驿站。

偶尔和我同行的，还有生产队的老牛。好几次，老牛经过老木桥时，不慎一脚踩进桥洞，甚至还掉进河里。见老牛下了河，那牵牛的人也跟着跳进河中。夏天还行，如果天气冷了，牛游上岸时站在岸边不停地甩着身上的水珠，甚至瑟瑟发抖。人也一边打着喷嚏，一边打起寒战。

遇见下雨天，尤其是连绵的阴雨，通过老木桥时，我们手上会抓着一把稻草，然后颤颤巍巍地爬过去。如果木桥断了，我们上学的路也就断了，这时候父母通常会用船把我们送到对岸。如果父母太忙，没时间送，那就只好待在家中。

日子久了，也就习惯这些老木桥，甚至喜欢上这些老木桥。有时候出一趟远门，然后再回到家乡，看到家乡的小河和小桥，那种美好而亲切的感觉便油然而生。牧童短笛、鸡鸣狗吠悄悄从我心头升起，宁静的田园风光让我的疲惫和浮躁烟消云散。

后来，我离开村子，住到镇上，虽说镇上也有河有桥。一段时间，人们填河毁桥建房，我住的那一栋楼就是建在刚刚填满泥土的河上。曾几何时，河两岸栽了一些杨柳，不远处还有座水泥桥，后来被推倒填上土成了人来人往的路。每到夏天，当我走在无遮无挡的阳光下，我就非常思念那条河、那座桥、那些婆娑的杨柳。柳荫下，行人可以驻足乘凉，可以谈天说地，甚至还可以呼朋唤友玩起扑克。小商小贩也可以站在路边朝行人吆喝着卖些瓜果、饮料之类的商品。

再后来，我住进城市，城市里也有小河小桥。只是河流不再透亮，水草难觅踪影，鱼虾几乎绝迹。许多时候，我都不想多看它一眼，人们对河流的作践已经到了无可复加的程度。河是死河，水是死水，桥是枯桥。城市里的桥再也没有桥原本的味道和丰韵，只有那种沉默、忍耐、平庸以及从头到脚的俗气。偶尔在公园里，你才会发现一两座像模像样的小桥。它们有的是石头砌成的，有的是木头铺就的，甚至还曲曲折折地卧在水面上。此时，你才可以全身心地陶醉在水的柔情和桥的古朴诗意中。

我经常从古诗中寻找"小桥流水"的古朴诗意，遥想一下"古道西风瘦马"那富有质感的苍茫，回味一下那"断肠人在天涯"的苦苦情思。我也时常在《清明上河图》前驻足良久，那宁静的田野和古老的村落一下子攫取了我的目光，挥洒激情，放松四肢百骸。疏林薄雾中，掩映着的茅舍、小桥、流水、老树、扁舟……那木质的拱桥上面有行人和车辆，下面有放下桅杆的大木船正缓缓通过。有时候，我真想穿越时空，穿着古老的装束，唱着古老的歌谣，牵着老牛从桥上慢慢地行走，让我的心灵再一次徜徉在古老的石桥和河水的慢节奏中，让农耕时代的热闹和繁华再一次系泊在我的心田。

没有小桥流水，家园就失去生机，理想就没了依靠，思乡之愁也就化为浮萍。小桥流水处，可以折柳相送，可以含情脉脉，可以熨帖心灵。诗意的心灵荡起时空的秋千，放飞无边的梦想。

周庄、乌镇、同里，这些闻名遐迩的古镇，无一不是小桥流水，无一不是古风古貌，无一不是青砖小瓦。走进这些古老的小镇，我会让脚步轻些，再轻些，时间慢些，再慢些，记忆的芯片上储存得多些，再多些。尽管这些古镇让我魂牵梦绕，但它们没有我童年的印记，更没有我无法割舍的乡情乡音。想到这些，我的心接连感叹着没完没了的遗憾。

绿色·阳光

　　我的老家在射阳湖畔、绿草荡边，村内小桥流水，河道纵横，像典型的江南村落。门前是一望无际的田野，屋后是清澈的河流，我的童年和少年几乎是在这绿色和阳光的宠爱下长大的。春夏时节，我仿佛时刻都能拥抱着海子"面朝大海，春暖花开"的那种诗意、飞翔的感觉。

　　然而进城后，我就像被刚断了母乳的婴儿，心中涌起难言的落寞，产生出无限的眷恋。绿色和阳光竟成了我朝思暮想的东西。经过七拼八凑，东挪西借，我终于在小城里谋得一个蜗居之所，离老淮安中学仅一箭之遥，离周总理的故居仅二百多米，周围商场、饭店林立，是个繁华地带。有人称之为"黄金地段"。

　　可我买房子只是为了能有个遮风挡雨的地方，仅是为了方便孩子上学。仅此而已，别无他求。刚开始，我为能有这样一处住所而庆幸。时间一长，再加上孩子考上大学后远走高飞，心中立即荒芜起来，对我所住的小区越来越不满意，甚至怨恨起来。一楼是各式各样的饭店和商铺，总在走马灯似地换主人。一次又一次的装修，那刺耳的电锤声、敲打声叫人心烦意乱、头疼不已，但我却无可奈何。二楼宽大的水泥平台上挤满了自行车车棚，水泥地面上胡乱地贴着牛皮癣似的沥青油皮。这是楼下超市的杰作，说是为了防止雨水渗漏，全然不顾小区居民的感受。我看不见一棵树甚至一棵草，到处是人造沙漠，心中空荡荡的，生活中仿佛缺少了什么。

对于眼睛经常疲劳的我来说，绿色是日常生活必不可少的东西。我不得不为了能很好地看到一片绿色走出小区，到新世纪广场、勺湖公园放牧一下目光，梳理一下心情，调节一下神经。其实，家里也有君子兰等盆景，但总是寻不到自然的味道、养眼的风景。

最糟糕的是到了冬天，我家的房子是东西向的，午饭后阳台上几乎没有阳光。过去老家那满院子的阳光，这种看起来非同寻常的东西，现在对我来说已经显得非常难得、奢侈。有时，我不得不和一群老者挤在楼下药店门口，贪婪地享受着阳光的味道和温暖。此时，我的头脑中时常闪现出老家那一幕幕温暖的场景：一个人抱着一床小被褥，躺在宽大的竹椅上，沐浴着冬日的阳光，脚边躺着一只猫或者一只狗。母亲常说：三世修靠街，七世修靠城。按母亲的说法，我算是得了正果。家乡人羡慕我进城了，终于成了城里人，可我不能很好地融入这座城市，身上总是带着很浓的乡土气息，在我的内心深处始终觉得这个城市不属于我，我算不上真正的城里人。泰戈尔说："让我的爱情像阳光一样包围着你，而又给你光辉灿烂的自由。"而我的阳光呢？我的光辉灿烂的自由呢？环顾四周，心头总有挥不去的茫然和失落，真不知道向谁去讨要。

在身背债务的情况下，我又一次通过四处筹款、借贷买了一处新开发小区的房子。本来想买三搂，结果没买成，只得买二楼。据售楼小姐说，二楼的阳光也挺好的。出于本能，我对她们的话不是全信的。我一次又一次地到实地查看，心中悬着的一块石头终于落地了，二楼的阳台在冬天肯定能洒满阳光，因为开发商在楼间距上没有"做手脚"。不久的将来，当冬天再次来临时，我能晒上太阳了。不要走出小区，不要走出楼道，通过窗户就能看见一片绿色，坐在阳台上，就能享受阳光。每当想到这些，我的内心就充满了温暖。

走过那座老木桥

　　一座老木桥，曾经孤苦无依、落魄潦倒地横跨在头溪河两岸。

　　小时候，我固执地认为，老木桥就是乡村一条几乎僵死的大虫，肚皮下面长出好几排细长的腿，颤巍巍地地支撑起瘦弱的身躯，在风浪中努力站稳位置。时间长了，老木桥不是向南歪，就是向北斜，千疮百孔、捉襟见肘的生活，让它用一种将错就错的心态，应对着行人。

　　老木桥更像一双粗大皲裂的手，一手搂着河东，一手拉着河西，含辛茹苦地拉扯着她们。她也许担心，孩子们一旦走散了，就再也不能过着风吹稻花香两岸的日子。其实，在这中心村里，桥东姓邱的人家多，桥西姓邱的人家也多。村里绝大部分人家都姓邱，至于那些王姓、张姓、李姓、陈姓等百家姓中的大姓，都变成了邱家屯里的小户小姓。这些小户小姓，便有意无意、直接间接地与邱家联姻，于是他们就有了千丝万缕的联系。一旦血肉相连，就会大事化小、小事化了，化干戈为玉帛。

　　狂风来了，老木桥吱吱呀呀，似乎在呻吟。暴雨来了，老木桥哆哆嗦嗦，虚弱的身体似乎随时都会散架。梅雨时节，桥面上长满青苔。老木桥喜欢用青苔去恶作剧，专门拿老头老太、顽劣的小皮孩穷开心，然后忍俊不禁、哑然失笑。疯女人可不不管青苔的湿滑，披头散发地在老木桥上蹦来蹦去，甚至跳到桥中央，望着桥两边一群嘴里嗷嗷叫着、双腿叉开、晃动老木桥的皮孩子，时而哭，时而笑，时而捶胸顿足。据说，她年轻时走过那座桥嫁到很了远很远的地方，但在孩子没满周岁时她就被夫家扫地出门，原因很简单，就是她的父亲被打成了右派。学雷锋的年代，几个大一点的学生主动搀扶着她一起走过老木桥。看得出来，此时的她满脸笑意。

走过这座桥是我们这些熊孩子既怕又向往的事情。桥西有我们一至三年级的教室，有可以让蒲包变成新票子的农采站，有可以买到过春节才能享用的糕果的供销社，有卖猪肉的姓汪的屠夫家。再远一点的地方，还有能买到小人书和年画的书店。

夏天的老木桥简直就是一个舞台。唱淮剧的，拉二胡的，说书的，三个一撮，五个一圈，真是热闹非凡。也有直接扔张芦席睡在上面数星星的，偶尔不慎掉下河。但不一会儿他就回家换好了衣服，依旧躺到那张席子上，只是将席子朝桥中间挪了挪。

老牛过桥犁田耕地是一出精彩戏。走过那座桥，大概再走一里路左右，就是我们村的飞地。老牛走到桥头，先用脚试探几次，然后很不情愿地迈开脚步，牛气全无，尽显胆怯。最终还是在赶牛人的吆喝声和响鞭声中，乖乖地踏上老木桥，汗流浃背地过了桥。偶尔，"牛"失前蹄，从桥上滚下河，几乎同时，赶牛人也跟着跳下河。此时，头溪河两岸便站满了人。牛爬上岸也是一波三折，一步三回头，悬念迭起，最终还是有惊无险地上了岸。牛站在岸边惊慌失措地抖动身上的水滴，然后打着响鼻，喘着粗气，算是劫后余生。赶牛人也挥汗如雨，筋疲力尽，脱下湿漉漉的衣服，龇牙咧嘴地把衣服拧干，然后才一屁股坐在地上，猛吸着烟卷。

老木桥受点轻伤，骨折是常有的事。看热闹是小时候最开心的事。小时候，见到满载货物的小木船在头溪河沉没，或者有一大群鸭子经过桥下，这时，我们便一拥而上。就在我们开心得手舞足蹈、得意忘形时，老木桥却发起脾气，使出性子，盛怒之下，老木桥断了筋骨。这时，十几个，甚至几十个皮孩子，都成了水中鸭，拼命向岸边游去。除此之外，夜晚散电影时，男女老少，挤挤挨挨，你推我搡，争先恐后地要走过这座桥，全然没有考虑桥的忍耐力和呻吟声。瞬间，老木桥"咔嚓"一声，折翼在水面上，手足无措地看着人们在水面上哭喊、挣扎、扑腾、呼唤。许多时候，只是虚惊一场。生长在头溪河畔、不擅长游泳的，也许在孩提时就被淘汰出局了。

终于有一天，老木桥不再抱残守缺，而是破茧而出，蜕变成一座钢筋水泥大桥。烟花三月，站在家乡的水泥桥上，内心无比敞亮，升腾起一种喜悦。但那大窟窿套着小窟窿的老木桥以及桥下湍急的河流，仍固执地在我眼前晃悠、诉说——

桥总在用力地拉近我们的距离：拉近一只鸟巢与另一只鸟巢的距离，拉近一片油菜花与另一片油菜花的距离，拉近一口鱼塘与另一口鱼塘的距离。

桥是岸一次成功的合拢，也是拒绝闭塞和平庸的一次坚决的突围。走过这座桥，就能走向更远的地方，就能一步一个脚印地拉近现实与梦想的距离。

今夜月色无边

今夜月色无边。月夜中，只有最深情的仰望。

站在月光下，衣服长满月亮的光芒，脚步沾满月亮的气息，呼吸带着月亮的味道，浑身膨胀着自由的喜悦。飞翔从我的心灵深处展翅而出，许多童年的感觉又再次席卷而来。我更清楚地觉得自己是喜爱月亮的人，喜爱生活的人，喜爱诗歌的人。许多美丽的幻想从心底升起，许多美好的期待在心头回荡。此时，我是一个最温情的人。再细小的呼唤都会在我的心头产生温柔的回声，再微弱的问候都会在我的心灵深处激起美好的应答。

走在宽阔的柏油马路上，行人稀少，我感到恰到好处的凉爽和惬意。如果此时，谁递支烟给我，我肯定欣然接受并且点上。它会像小小的火把一样烧向这片夜色，烧向我的心情，瞬间许多缥缈的情思便弥漫在无边的月色中。或者有双纤纤玉手递给我几个菱角，我可能不急于吃下，只是深情地闻一闻它的清香，或许很好地把玩一下，就像遇着我初恋情人。然后，走向林间小道，最好坐在爬满月光的石凳上，清风徐来，吹走我心中的浮尘。我可以很好地一边想着莫明其妙的心事，一边享受它特有的味道。

月光落在草坪上变成了秋虫的"唧唧"声，月光栖息在树林间幻化为鸟儿的窃窃私语，月光走进巷道里飞翔成童稚的欢笑。如果月光是一张洁白的纸片，那我就是富有灵性的笔墨，吐纳着这清新的月色，诗意地在人间奔走。

月亮突然躲了起来，许久才露脸，是她在犹豫不决，还是藏着什么心事？总之，今晚并没有皓月当空，这样一来，许多愿望和梦想似乎都落了空。至于是什么愿望和梦想，还真一时说不清，也不想说清楚。许多事情说清楚了反而缺少了情趣，说不清楚反而增添了一些朦胧的美感。这样一想，难得糊涂这一充满哲学的命题更显得弥足珍贵。本想和一位朋友去看绿地小区西边的森林公园，可惜中秋这天他音讯皆无，这种无缘无故的爽约让我不快，但这并没有影响我赏月的心情，更没有改变我赏月的决心。世间许多事本来就说不清，世间许多人本来就可以来去自由，世间连许多誓言都可以背弃，更何况这小小的约定？想到此，我便淡定了许多，从容了许多，清爽了许多。心中许多感情的块垒逐渐消失，只剩下这朦朦胧胧、富有诗意的月色。

下了三轮车，我来到古镇河下。古色古香的石板路，古色古香的明清建筑，古色古香的清风明月，把我的心情也打扮得古色古香起来。偶尔见一两户人家在敬月，敬月的供品就是月饼、荷藕、石榴、苹果等。我可以和月光一起品味出甜蜜、健康、幸福等人间许多美好。我喜欢一个人走在幽深、窄长的巷道里，随意看着道路两旁的店铺和稀少的行人。月光非常落寞，寂静得几乎没留下一丝痕迹。这是一轮熟悉的月亮，多么像我小时候村庄里的月亮。

走上程公桥，倚在桥旁，时而举头望着天空忽明忽暗的月亮，时而低头看看水中忽明忽暗的月亮，心情也跟着忽明忽暗起来。我喜欢侧耳倾听水流的潺潺声，我喜欢凝视水中明月的冰清玉洁，我喜欢屏住呼吸触摸着月上柳梢头那穿透胸膛的清新诗意。月亮的光辉、水的光芒养育我富有诗意的性情，此时，她足以招降我内心的一切忧郁、悲欢和委屈。可惜，这个时候，行人多了起来，灯光亮了起来，各种音乐声也响了起来，月色中充满了杂质和某种欲望，清清静静的感觉顿时消失殆尽。

感觉有点累了，便寻得梁红玉石雕前那座曲曲折折的匍匐在水面上的小木桥，一屁股坐在上边。我喜欢这小木桥曲曲折折的韵味，我喜欢这木质地带着温度的小木桥。它比小时候家乡的小木桥精致多了，它比石凳、石栏杆温暖多了，它比天空中缥缈的鹊桥实在多了。此时，苏东坡的"明月几时有，把酒问青天"、李白的"小时不识月，呼作白玉盘。又疑瑶台镜，飞在青云端"等诗句在我的心头潺潺地流过，让我再一次享受着大师们那浪漫的情怀和旷世的叹息。此地没有酒也没有菜，只有一轮朦胧的月和一条清澈的河流。其实，酒可以醉人，月色也可以醉人，清澈灵动的水也可以醉人。我想，一个人只要有诗意的灵魂，世间一切美好的东西都可以让他陶醉不已。帕斯卡尔说，人是一根能思想的苇草。帕斯卡尔先生，今晚，我可不是一根简单的苇草，是一根可以对月色展开无边无际、自由自在想象的苇草。心灵可以破壳而出，思想可以悄然迸发。

我曾经在一首诗里把月亮想象成风筝，为此，我自鸣得意了许久。后来，在一本杂志上发现了一首诗，它的内容甚至意境都和我想要表达的差不多。此时，我的所谓的"自鸣得意"才最终画上了句号。再后来，我把月亮想象成燃烧的篝火，或者是人间相思泪凝聚成的一眼清泉。其实，再美好的想象在月亮面前也如同尘埃，无足轻重。米兰·昆德拉说："人类一思索，上帝就发笑。"在此，请允许我套用一下：我一想象，月亮就发笑。

收拾起丰富的想象，再次坐上三轮车。车子刚刚启动，天空便下起了雨，并且越下越大，蛮横得有点不讲道理，似乎要把今晚的月光彻底带走，包括我那无边无际、自由自在的美好诗意。

家燕

一旦在动物前面加上一个"家"字，这个动物就会立即乖巧、温顺、亲切起来，和人的关系也就非同寻常。

家狼是对狗的另一种称呼。家猫与野猫有着本质的区别；野猫闻人声即逃，家猫则不离人左右，整天帮人们捉老鼠、护粮食。

猪、牛、马、羊等都有家养和野生之别，甚至包括蛇，还有家蛇和野蛇之说。听父母说，家蛇就是家庭的守护神，保佑家庭平安幸福，它常常生活在宅基地下。

燕子大概是个例外，它没有家养和野生之说，一概称之为"家燕"。俗话说"凤凰不落无宝地，燕子不进苦寒门"。小时候，每到三四月份，我都盼望燕子到来。柳树发芽了，田野开花了，麦子拔节了，燕子就会随春风翩翩而来。

"无可奈何花落去，似曾相识燕归来。"是的，许多时候，我们家的燕子如期归来。它们先落到院子里的桃树上叽叽喳喳一番，然后羞羞答答地飞进堂屋。察看一番之后，它们便悄然离开。不一会儿，它们又引来了几只别的燕子，又呢喃一番，然后互相打闹着离去，像邀请左邻右舍到新家摸摸门一样。就这样如此反复几次，它们才最终衔来春泥筑巢。

偶尔一两个年份，燕子会迟点到来，我就时常望着天空，羡慕别人家早已到来的燕子，有一种望眼欲穿的感觉。有一天，它们突然叽叽喳喳而来，我便欣喜若狂，像是等到了贵重的亲戚。哥哥姐姐都喜上眉梢，家里家外也增添了许多生机。

看到家燕筑巢太慢，于是我趁父母不在家，便找来梯子，用河边的淤泥帮它们筑好巢，想让它们省点力气，早点下蛋早点孵出小宝宝。然而，燕子们并不领情，它们会在同一根梁上挪动位置或者到别的梁上继续筑巢。如果我们再继续使坏，它们就会悄悄离开，再也不会回来。

如此一来，我便铭记教训，再也不敢帮倒忙。其实，在我们家，除父亲之外，其他都对燕子表现出了极度的友好。每当燕子孵出小宝宝，巢穴里伸出一个又一个嫩黄的小嘴巴，发出好听的鸣叫，我们便欢喜异常，奔走相告。

每当燕子父母带回虫子，巢中伸出一个个黄黄、嫩嫩的小嘴巴时，我心中便长满喜悦。父亲却皱着眉，嫌小燕子毫不知趣地往地上拉屎，有时掉在人头上，甚至砸进端在手中的饭碗里。于是，父亲找来竹竿将它们的巢穴捣毁，当然许多时候是趁燕子的巢还没筑好时，因为一旦有了小燕子，即使像我父亲这般冷血的人也有点舍不得下"毒手"。

解决燕子胡乱拉屎也是有好办法的。邻居家的叔叔们就想了一个很好的办法，就是用一些麦秸编成网兜，再在四角扣上细细的绳子，然后用梯子爬上去将这个东西放置在巢穴的下方。这样一来，燕子与我们都相安无事。可惜，父亲并不乐意，他觉得自己平时劳动那么辛苦，哪有闲情去编这个劳什子。所以好几年，我们家的燕子不见踪影。对此，我们的心里多少有点难过。

进了城，我们住进了商品房。平日里，我们将门窗关得严严实实，莫说是燕子，就是连只苍蝇都很难飞进来。

"燕子家家入，杨花处处飞"，这样喜人的景象是很难寻觅的。所以，我的心中就再也没有那种盼望燕子到来的憧憬，更没有燕子一家老小飞走后的念想。

城市没有田野，成群的燕子也难得一见。即使有进城安家的燕子，它们也大都将巢筑在沿街商铺走廊的廊檐下。它们什么时候来，什么时候走，我也就不那么关心了，因为它们再也不会到我家去筑巢繁衍。它们也算不上真正的家燕，大概只能算是流落到城市的"流浪燕"。

"燕子来时春社，梨花落后清明。"读到这样的诗句，我的眼前总会呈现出让人倍感亲切的田园风光。这么诗意浓郁的田园风光，不知道能不能很好地移植进灯红酒绿的都市？或许，这只是一厢情愿的奢望。

美人腿

　　蛙不是鱼，也不是田野里的野菜。总之，它不是用来吃的，是庄稼的守护神，是农民的朋友。这个道理先来源于母亲的言传身教，后来源于书本。我生活在水荡地区，家前屋后到处是水塘，处处是河流，但再贫穷的日子，我们家也没有把蛙做成一道菜。

　　小时候，我喜欢钓鱼，偶尔也会钓到青蛙。这时候，我就会怪蛙的嘴太馋，甚至怪它坏我钓鱼的好事。然而，我总会一次又一次宽恕它、放走它，让它重新回到自己的天地。看着它在水中自由地游玩，甚至趴在荷叶上发出阵阵蛙鸣，心情就会像花儿一样开放。于是，"稻花香里说丰年，听取蛙声一片"的诗意就在我心头荡漾着、温暖着、美好着。有时候实在钓不到鱼了，也会主动戏耍它，可这又傻又憨的青蛙总是很容易地被钓起。无论你用什么饵料，哪怕是个棉花球，只要在它面前晃动一下，它都会准确出击，死死咬住。长大后我才知道，任何一个移动的物体，在蛙的眼里都是害虫。这种高度敬业的精神让人可敬可佩，又叫人十分汗颜。

　　有些小伙伴并不像我这样对待蛙。只要他们钓到蛙，就会迅速而麻利地撕掉蛙的皮，扔掉蛙的内脏，只留下白灿灿的腿。他们会把它们放在火上烤，当场把它们吃下肚，然后一脸的得意和满足，甚至把吃剩的骨头拿在手中朝我扬一扬。他们还会用柳树枝将蛙们串起来，像得胜回朝的将军兴高采烈地把蛙们带回家。在学校里，他们居然在我面前炫耀说，那肉特嫩，鸡肉还没有蛙肉嫩呢，你真没口福。说到最后，他们都会咽下一大口唾液，并且从喉咙里发出很响的声音。

"蛙就是蛙，蛙不是鱼，蛙是不能吃的。谁去吃蛙谁就伤天害理！"母亲不止一次地在我们面前重复着这样的话，母亲的话深深扎根在我心灵深处，顽强地抵御着各种诱惑。从小到大，我从未杀过一只青蛙，所以在蛙的面前，我非常坦然。

这看起来十分简单而又纯朴的道理，在现实面前却不堪一击。每当我听到那些走街串巷的人叫卖水鸡子的时候，心头就一阵阵发紧，一阵阵难受，觉得自己是那么无能为力。看着那一个个白生生的身体，被一株株草串联起来，被当作商品出售，我的心情就会无比沉重。每次去饭店请客吃饭，我从来不会点有关蛙的任何菜，也就是有些食客说的"美人腿"。即使别人请客，他们点了这道菜，我也会事先声明我是决不吃蛙的，并且故意地把"蛙"这个字咬得很重（决不会叫它美人腿，这有亵渎蛙的嫌疑）。美人腿就是蛙，这个概念是进城工作之后才真正建立起来的。偶尔有人会讥笑我，说我虚伪，而我则坚决地回击道，"一个去吃对自己非常忠诚的朋友，一个去吃庄稼守护神的人，我想这人也太可怕了。除了愚昧无知，就是嗜血成性。"然而，我的抗议和申辩有时候是那么软弱无力而又孤掌难鸣，很少能得到别人的积极响应。无论是城市还是乡村，几乎每天都在上演着屠杀青蛙的一幕又一幕悲剧。有些人是怂恿者，有些人是参与者，更多的是麻木不仁的旁观者。

我家有个远房亲戚有一次到我家来玩，我早就听说他以捉蛙、捕蛇为生，就故意和他闲聊起蛙和蛇。他一根又一根地抽着劣质烟，脸上、手上、头上似乎永远都是灰蒙蒙的。我说，"你平时喜欢捕蛙和蛇？"他说，"是的。"我说，"你怎么去捕蛙呢？"他于是兴趣盎然地叙说了起来，"哎呀呀，他二叔，你不知道呢，蛙可乖了。每到晚上，我一根接一根地抽着烟守候在蛙声阵阵的田埂上，等天黑透，我从怀中掏出强光电筒，朝蛙一照，它就一动不动，和呆子似的。一抓就是一只。当然，这是以前。现在捕蛙的人多，蛙越来越少。如果想捕蛙，就得走远门，到野圩上或者到草荡里去。那很辛苦的，夜里还有不少蚊虫来叮咬。"

我说，"你也捉蛇？"他说，"是的。只要能挣到钱，什么事都干。"我说，"我小时候特别怕蛇。""哈哈哈，"他大笑起来说，"你们这些读书人，真是书呆子。蛇有什么可怕的，无论什么蛇到我手中就乖了，就听话了。"我问，"你不怕它咬你？"他说，"我们这个水荡地区基本都是无毒蛇，咬了也没事，你看我身上还有蛇咬的疤痕呢。"他一边说，一边撸起袖子把小膀子伸给我看，像是炫耀一枚军功章似的，我下意识地朝后让了让，仿佛遇见了蛇。

我叹口气说，"你为什么不找别的活干？或者出去打工？""他说，白天可以找点小工做做，晚上可以捉蛙捕蛇，两不误哟。至于外出打工，唉，我们这些人没办法出去。儿子和儿媳他们外出打工，把三个孩子都扔下来，我们不管谁来管？""蛙不是鱼，也不是什么野菜，"我说，"它是保护庄稼的，是咱们的好助手。""咱也明白这道理，只是你不去捕，别人也会去捕。再说了，道理又不能当钱使，"他说，"哎呀呀，二叔啊，现在青蛙越来越稀少，蛇更难找。你们城里人不是都喜欢美人腿吗？""难道你不怕管理人员抓你们？"我问道。"哈哈，这个你就更不知道了，"他说，"他们巴不得我们去捉青蛙呢，你啊，二叔，真被书本害了。"

我傻傻地望他那张未老先衰的脸，恍惚间我变成了一只束手就擒的蛙。

第三辑

五份枇杷

五份枇杷

　　小李把三轮车停在小区路西边，立即跳下车，走到枇杷树下瞧了瞧，枇杷真的熟透了。只是够得着的早已被人摘光。树梢最高端还有一撮一撮熟透的黄枇杷。他从车上拿出人字梯，小李是做水电工的，人字梯等工具是必备的。不一会儿，围拢过来几位老奶，走到树下一边闲谈一边瞅热闹。

　　小李架好人字梯，又急忙从车上翻找出一个布口袋。他捏紧布口袋的屁股，将口袋中的小钢锯等东西一股脑全部倒出。此时，小区保安队长走了过来，望着他手中的钢锯，大声喊道，"小李，摘枇杷可以，但不能用锯子锯树。否则，我找你麻烦。"小李抬起头，忙说，"不会的，我保证，只是腾空口袋装枇杷。"

　　等保安队长走远，小李叽咕道，"谁是傻子？谁会用锯子锯树？这不是破坏绿化吗？"站在一旁的老奶频频点头说，"是的，不能锯树，人家队长提醒得没错。前一阵子，小区有人用锯子锯了枇杷树，小区物管主任把队长狠狠批评了一顿，说他管理不力，还罚了他的款。"

　　小李拿着布袋子像猴子似的一溜烟就上了树梢。小李年龄四十好几了，但个子不大，大概一米四左右，又很瘦小。以前，都是老婆和儿子站在树下等他凯旋，或者站在树下捡拾不小心掉下来的枇杷。据说，现在离婚了，独和尚一个。

站在一旁的四位老奶挤眉弄眼地说，"摘这么多干吗？一个人怎么吃得完？再说时间长了会烂掉的。"

不一会儿，小李就站上了树梢的最高端，那几串成熟的枇杷迅速成了他的囊中之物。树下的几个老奶大声提醒道，"小李，小心啊，不能摔下来了，太高的地方就别摘了。"一位老奶从地上捡到一个熟透的枇杷吃了起来。

另一个老奶说，"坏掉了就不能吃了。"

"就坏一点点。"

"坏一点点也不能吃，女儿在家就再三告诫我，吃坏水果就相当于吃毒药。"

那老奶点点头，扔掉手中枇杷。这时，突然掉下一个布袋子，里面有好几串熟枇杷。没有袋子的小李在树上就无能为力了。不一会儿，他又迅速顺着树探下身来，又从三轮车上拿出了一个大塑料袋。一溜烟儿他又爬上了树，几乎达到树梢最高端的枝丫。没几分钟工夫，那几串成熟的枇杷就乖乖地躺到塑料袋中。

老奶们又聚拢到一起，互相咬着耳朵小声议论开了。

"小李长得像猴子似的。"

"还有点贼眉鼠眼。那老婆长得还算周正，儿子也不错，反正比他强多了。"

"当初怎么会嫁给他？真是一朵鲜花插到牛粪上。莫非他家以前是有钱人家？"

"哎呀呀，怎么看也是像啊。"

——

"这手脚也太麻利，爬个六七层楼都没问题。"

"那以后得小心了，每次出来玩时，阳台的防盗窗都得上锁。"

"上个月，住在六楼的那户人家竟然被盗了。"

"人心难测，知人知面不知心。"

——

收获满满的小李并没溜之大吉。他数了数，包括自己在内，五人。他将熟枇杷分成五份，每人一份。

四位老奶面面相觑，满脸惭愧，手抖抖地接过来。其中，一位有点文化的老奶说，"太感谢了，不好意思，我们是不劳而获。"

小李笑了笑说，"枇杷树是小区的，是大家的，我怎么能一个人私吞呢？摘枇杷时就把你们算在内，否则我要这么多干吗！再说，一个人也吃不了。天数多了会坏掉的，坏掉多可惜，浪费是一种罪恶。"

四位老奶一边点着头，一边嘴里念叨着。其中，一位老奶感慨地说，"小李真是个大好人啊，那婆姨的心怎么这么狠！"又一位老奶说，现在的人啊，就自私，就心狠，离婚比换衣服还快。"

四位老奶一边摇摇晃晃地走着，一边叹息道，"作孽啊，真是作孽。多好的一个人啊，上天不公道啊。"

河
下
访
友

除了双休日，老马都在河下古文楼饭店前招揽顾客画像。

那天星期三下午，阳光很好，又闲来无事，便骑着自行车沿着永怀路，绕道新萧湖，直奔河下古镇而去。（改造好后的萧湖景点使人应接不暇），可惜一路上车辆太多，尾气太重，影响了好心情。再说，我主要还是想去看看老马和泥人潘，等过些日子有闲暇时再来萧湖欣赏风景也不算晚。

虽是古镇，游客却不多。文楼前非常寂静，冷清得一人也没有，只有静静的阳光。我拨通了老马的手机，却没有回应。于是，我又继续踏着青色板铺就的路推着车子向前走，一路闲逛一路寻找。

不一会儿，看到了老马。老马立即站起身子，一脸笑容，手足无措地站着那儿说，"欢迎陈老师。"老马头发蓬松，穿着厚厚的棉袄，与这三月有点不协调。老马端来一张塑料凳子，并用手掸了掸上面的灰尘，请我坐下，然后又要请我吃油端子、青萝卜，我一一谢绝。那炸油端的妇女看了看我，微笑着一言不发。不像有的小生意人，人家不买他东西或者不吃他东西就一脸不高兴。只是我又一次犯了老毛病，说，"这萝卜泡在水中太久就没了萝卜味。"我一说出口便觉得不妥，然而说出去的话恰如泼出去的水，是收不回头的。老婆曾经多次批评我就是喜欢说大实话，也不知道人家喜欢不喜欢，这样容易得罪人。老马觉得非常不好意思地说，"下次请陈老师到家里作客。"我哈哈大笑，"那一定，要好的吃好的喝，不醉不归。"老马兴奋地与我击了掌，笑道，"就这么定了。"

过了一会儿，有稀稀拉拉的客人路过。我说，"老马，你吆喝啦，不然人家怎么知道你在这里画像？"老马立即扯开嗓门，"美女帅哥，画像啊，画像，二十元一张。"一群美女从我们面前走过，对他的吆喝毫无反应。老马立即唱了起来：为什么对我不理不睬？面对老马的幽默，我和炸油端的妇女以及坐巷子那边的老头都大笑起来。坐了好一会儿，也没一个顾客。这时，一位住在附近的老奶走过来，问道，"今天生意怎么样？"老马笑了笑，"很好，最起码没吃鸭蛋，前两天都吃了鸭蛋。"我望了望老马，一副落魄的样子，心里酸酸的。

辞别了老马，继续沿着青石板路前行。呵呵，好久没来了，就在这一小截石板路上，居然错过了泥人潘的小小店面。印象特别深的是过了岳家茶徽就差不多到了，小小的店面紧挨着"华夏酒瓶展"。难道店面关了？不太可能。于是，我从程公桥南桥墩折身回头，推着自行车一个店面又一个店面仔细寻找。呵呵，终于找到了。我停下车子，用手拨开塑料帘子，里面坐着两个人。除了泥人潘，还有一个六十开外的瘦高老头，他们正在有一搭没一搭地聊着。泥人潘见是我，有点喜出望外。忙要敬烟倒茶，我笑了笑，烟不抽，白开水我自带了。

等我坐下后，他告诉我现在红小东校区的泥塑兴趣班暂停了。这个差事是我帮助联络的，原因是他前一个阶段生了小病，在医院待了好几天，耽误了一节课，后来等出院了，打电话给校长说，想补上那一节课，结果校长答复说，如果需要的话会让人打电话给他的。哪知一直没接到学校电话。我到他这边来的目的就是想看看他，同时还想当面问问他兴趣班开展的情况如何。知道这个情况后，我心里真有点不太舒服，怎么这么好的事都没能善始善终的确有点遗憾。我说，"如果有兴趣，我再和那个校长谈谈。"他摆了摆手，算了，算了，我从来都不去主动找人的，除非他们主动来找上门来。像淮海路小学、北京路小学等校长都是主动派人到我门上来谈的，至于辛苦费，我从来都不在乎多少的。给多少就多少，无所谓。

艺人自有艺人的脾气和品格，否则就不是艺人了。他既然这么说，我也就不再将这个话题扯下去了，于是将话题扯到了最近的泥塑作品。上次过来，我印象深的是济公活佛那个泥塑，一半脸儿阳一半脸儿阴、一半脸儿苦一半脸儿甜、一半脸儿喜一半脸儿怒，真是匠心独运，妙不可言。《西游记》中唐僧师徒四人去西天取经的场面也惟妙惟肖，令人叹为观止：唐僧的百折不挠，猪八戒的憨态可掬，孙悟空的英勇无畏，沙僧的勤勤恳恳等等。这次，我又看到了他的新作：他和父亲合作的养蚕姑娘，那一种青春美好、丰收喜悦全部通过这小小的泥巴充分表达出来（父亲去世前做了一半，最近他又弄好了另一半）。

最近的得意之作就是说相声的两个人，一个瘦而高，一个胖而矮；一个摇着扇子，一个打着手势。他们都穿着对襟衣服，面容滑稽可笑，动作出神入化，场面幽默风趣。最关键的是他并没有把这一对说相声的固定死，可以左右交换位置。这就是他高明之处，我待在一旁只是一劲地点头。

小时候，我也玩过泥巴，用泥巴捏过小球和手枪，那大概就是泥塑艺术对我最初的启蒙。因没人引导，最后也就不了了之。泥人潘说，他小时候也用泥巴捏过手枪，晒干后用铅笔使劲地涂，在阳光下泛着金属的光芒。拿到学校后，同学们都说与真的一样，惹得派出所所长到他家认真盘问了一番。确认是假枪后，才轻松地笑着离开他家。

　　坐在我们一旁的老者自始至终都一言不发，仿佛就是一尊面无表情的泥塑。

尝客李山

李山喜爱吃零食，在春秋山庄小区是出名的。

在家嗑瓜子，走路嗑瓜子，骑电动车嗑瓜子，甚至上洗手间也嗑瓜子。有时，别人和他谈话时，冷不防，从口袋中捏出一粒瓜子扔进嘴里，叫人忍俊不禁。啥时你遇见他，如果没见他吃零食，那就太不正常。

据说，这是遗传。他父亲喜爱吃零食，他爷爷喜爱吃零食，他奶奶也喜爱吃零食。爷爷奶奶因同样的爱好而结成秦晋之好。

小区北大门口，有一热热闹闹的小超市。闲时，尤其是夏日的晚上，超市门口就是人们谈天说地的场所。超市老板王大虎不仅不恼，还买了十来个圆塑料凳子，供他们坐下来或闲聊或歇脚。照王大虎说，这是聚人气。人气旺了，生意自然会好，何乐而不为？李山就时常在这里闲坐、闲聊、歇脚，是常客。

李山以前是开小饭店的，那饭店还挺有特色。当地人都知道，要想吃到正宗的钦工肉圆和平桥豆腐就到李山饭店。正当饭店生意红火时，突然关门歇业了。有人说，他和女服务员搞暧昧关系，后来被人家捉住了。人家狠狠敲了他一笔，他因此欠一屁股债，饭店再也无法正常运转下去。传说很多，真假难辨。

那是个炎热的夏天。白天很沉闷，晚上超市门口有点微风吹过，人们三三两两地在此闲坐、闲聊，甚是惬意。李山一边嗑着瓜子，一边逗着坐在另一圆凳上的小白狗。他嗑一粒，狗也嗑一粒。狗的速度似乎比李山还快，它每次嗑完就盯着李山的手，还哼哼唧唧的。坐在李山旁边的披着长发、穿着白衬衫的女人笑了笑，说，"瞧你这出息，都说你吃零食出名，嗑瓜子速度超快，还不如狗。"李山瞪圆了眼睛，假装生气，做出一个掌那女人嘴的手势。女人斜着身子，笑道，"也有优点，对人小气，对我家狗大方。"就在这时，有一对老夫妻手里提着瓜子、花生等东西从李山面前走过，李山立即招了招手，"刘行好，买零食的？"刘行微笑着走了过去，"哟，李总，在这儿乘凉呢？来，来，来，吃点花生。"只见李山双手并拢在一起，摆成碗状。刘行随即抓一大把花生放进去。待刘行再抓时，李山连忙说，"行了，行了，我李山不是贪心人。"说完，李山与刘行相视而笑。待刘行夫妻俩走开，李山忙向别人解释道，刘行经常去他家饭店吃饭，算是老熟人、老朋友了，这点东西算什么，吃他一点零食，增进友谊，也是给他面子，刘行是知道他李山喜爱吃零食的。只要见到熟人或者朋友买零食，李山都会主动搭讪一番，同时要一点解解馋，这似乎已经成为他的惯例。

除此之外，见到住在同一个小区电工李小四，李山总是要让他掏两元钱给买瓶矿泉水。李小四也时常主动配合，见到李山时就说，"哥，口袋里正好有两元钱，不用出去，会扎人的。"此时，李山高兴得哈哈大笑，竖起大拇指，"不愧是兄弟"，这似乎可以进一步证明他们是好兄弟。

那天早晨，小区北大门口鞭炮声大作。李山走到北门口瞧了瞧，原来是一对刚从外地回来的夫妻摆了一个地摊，卖起水果、瓜子等。男的叫秦佛海，女的林梅花。男的热情好客，见谁都是哥长姐短的。他还时常将这顺口溜挂在嘴边：不怕你不买，就怕你不尝；不尝不知道，一尝忘不掉；不买是我的错，不尝是你的错。从此，李山成为他家的"尝"客。

李山尝遍了秦佛海摊子上的所有东西之后，总会拍着胸脯保证，"兄弟，你小本生意不容易，明天一定来买。"无数个明天过去了，就是没见李山买一分钱东西。而且李山还得寸进尺起来，在尝了一遍瓜子、花生之后，还挑一两个新鲜饱满的水果大快朵颐。林梅花看不下去了，"李总，俺们是小本生意，以后能否挑一些卖相差、有点蔫的？"李山立即脸红脖子粗地睁圆眼睛，"哟，是你家老秦请我尝的，我尝你家水果是给你家面子，帮你家聚聚人气。你啊，真是的，女人家小肚鸡肠，大处不算小处算。算了，不和你计较。"李山随即将手中的水果扔下说，"你啊，以后和你家老秦学学，生意会更好。否则，哼！"李山愤然转身离去。此时，秦佛海过来了，听梅花说起这事的前后经过，他连忙拿起一个又新鲜又饱满的大苹果追过去。

午后下一通雷阵雨，天气似乎凉爽一些。李山打着饱嗝，哼着小调，手里拎着大包小包水果、瓜子等从秦佛海水果摊前路过。秦佛海故意将脸别过去，假装没瞧见。梅花看不下去了，用高跟鞋猛踩了秦佛海的脚，秦佛海痛得"哎哟"一声，梅花用嘴朝李山努了努。秦佛海满脸堆笑道："李总，是谁送这么多零食啊？"李山站住了，尴尬地笑了笑，"秦老板就是聪明，是的，就是别人送的，是以前手下一个厨师长刘小超送的。这小子真没白疼，他知道俺喜欢吃零食。最近他发了一笔小财，请俺喝酒吃饭，还送这么多好东西。这小子，真是傻人有傻福。人啊，还是傻一点好，精明过头发不了财。"

待李山走远，梅花生气地说，"李山尝东西到你家，卖东西去别人家，你一点都不生气，他在心里还骂你傻呢。老秦，以后请你别再唱那个狗屁不值的广告词。"老秦嗔笑道，"真是妇道人家，头发长见识短。"那些东西十有八九他是从别处买的，是你得罪人在先啦。住在同一个小区，也算是乡亲，乡里乡亲抬头不见低头见的，见面了连招呼都不打，脸僵在那儿，多别扭。千言万语好一个人，一言两语恼一个人。和气生财嘛，老婆，不尝是你的错，不买是我的错。这是硬道理！别忘记了，要时常挂在嘴边。"

哎哟，秦佛海突然龇牙咧嘴地疼得跳起来。梅花用高跟鞋又重重地踩了他一脚，骂道，"不踩是我的错，不改是你的错。真是败家的爷们儿，真是头脑瓜进水。跟你一辈子，就只能守穷，你以后抱着广告词喝西北风去。"

秦佛海本想说两句逗趣的话哄老婆开心，哪知老婆背对着他似乎在悄悄地抹泪。

欢欢在流浪

几个朋友说，今年冬天，把你家欢欢做成狗肉火锅就美酒如何？

主人说，好啊，到时别吃得撑死就行。

主人把朋友的话当成笑话，欢欢似乎信以为真。随即朝几个朋友狂吠不止，直到主人站起身来边大声恫吓边拿出扫帚，欢欢才耷拉着脑袋夹起尾巴不情不愿地钻进沙发肚。

真是奇了怪，它居然也懂。

许久，欢欢才没精打采地从沙发肚里钻出来。

欢欢用乞求的眼光朝主人瞅了瞅，见主人满面笑容，它才乖乖地、小心翼翼地在主人腿脚边反复地蹭了蹭，随后安心地坐在主人的脚边。

几个朋友离开时，主人朝他们的背影鄙夷地看了一眼。随即蹲下身子，轻轻拍了拍欢欢的脑袋，悄声安慰着说，"他们是一群坏蛋，别和他们一般计较。"

一条粗通人性的狗，一旦化成一堆肉，就像一本书上的文字突然全部消失一样。

主人家的卫生间需要装修。一天，那尖锐的电钻声突然炸响，惊到了欢欢。欢欢吓得挣脱狗绳，夺门而逃。

主人想，欢欢一定认识路，一定能回来。欢欢喜欢这个家，也依恋他这个主人，欢欢早就成为这个家一个不可缺少的成员。一天、两天，三天，依然杳无踪影。今年的冬天出奇地冷。以前，欢欢也出走过，但总会在某个时刻不经意地突然再次出现在他面前，欢天喜地地摇着尾巴，在地上尽情地打滚撒娇。

人对狗的背叛司空见惯，狗对人的背叛鲜有所闻。主人望眼欲穿，一次又一次期盼奇迹的出现。然而好多天过去了，欢欢踪影全无。眼下的欢欢不外乎有以下四种情况：被人收养，流浪，成了狗肉火锅，进了流浪狗的集中营。当然最好的结局就是被人收养。

到大街小巷上漫无目的地寻找，到城市的各个旮旯张贴寻狗广告，寻访城南狗的集中营，在朋友圈中传播寻欢欢的信息……找回欢欢成为他生活中的头等大事。

主人看到一条黑色的流浪狗站在一群家狗中。只见流浪狗毛发无光泽，浑身脏兮兮，眼神浑浊，甚至有点忧伤，犹如一棵稗子卑微地站在一群麦子中间。

一群家狗散了，各自回家。唯有它站在那儿，形单影只，漫无目的。此刻，它是孤独的，但也是自由的。

流浪狗如果能生长出一对翅膀该多好。它一定会飞到天上，成为天狗，像二郎神的哮天犬一样，毫不畏惧，看谁不顺眼都可以狂吠一下，甚至猛咬一口。莫说是孙悟空，就是玉皇大帝也不例外。

主人接到几个电话，实地察看过几次，每次都似是而非。最终是非也。

一朋友从外地打工回来，牵着一条狗，初看真像欢欢。仔细一瞧，这狗比欢欢多了一圈淡淡的黑眼圈，尾巴末梢多了一小撮白毛。

主人还是情不自禁地叫了一声"欢欢"，它立即乖乖地走了过来，使劲地摇尾乞怜。

朋友说，它是条无人要的流浪狗。

主人好吃好喝招待了它一顿，并且把它收留了下来。

第二天，一位老奶找了过来，说这狗是她的。她满脸笑容地蹲下身子，用双手朝它拍了拍，叫着欢欢。欢欢立即扑进她怀里，像小孩见到久别重逢的父母。

主人说，"它也叫欢欢？"

"是的，我一直这么叫它，"

老奶说，"欢欢原来是条流浪狗，腿瘸了。一个下雪天，把它抱回来，花了好几百元才把它的腿看好，欢欢就是我的命根子。可儿子嫌狗味腥，嫌晚上乱叫唤，嫌狗毛满天飞……总之，处处看欢欢不顺眼。就是容不下我这个老婆子。他整年在外打工，几乎没一个电话。回来后，不是喝酒就是打麻将，一天到晚也见不到一个人影。他哪点如欢欢？"说到最后，老奶竟擦起眼泪。

主人将欢欢归还给老奶，就在老奶抱着欢欢准备离开时，她又转过身来解释道，"即使欢欢不在我身边，就算欢欢在你这边生活得再好，我也认为它在孤独地流浪。我怕孤独，狗也怕孤独。"

地上一个人，天上一颗星。狗是一个生灵，理应也是如此。即使自己的欢欢真的成为天上的星星，也一定是颗流星。有时，主人对着漆黑的夜胡思乱想起来。

以前小夏在做报纸杂志收发工作时，无论是订杂志还是拿杂志，基本都不会要我们烦什么。他早已将一本厚厚的订阅的报刊送到各个科室，挨个征求意见，事后还耐心地逐个到本人面前去收报刊款。可惜现在不行了，小夏退休了，这项工作由小王接替。想订杂志请自己到邮局去订，没人替你们烦。小王不耐烦地对前来订报刊的人皱皱眉说："其实，这也没什么，不就是跑一点路耽误一点时间吗？这个工作别的好处没有，时间还是相对充裕的。"

去年的 12 月 5 日下午，我到附近邮局订了《散文》和《百花园》这两份杂志。说实话，《散文》里面少数文章，文字诗意而有穿透力，语言简洁而富哲学，内容丰沛而有美感，读后回味无穷、意犹未尽，现《百花园》是小小说作家海林推荐给我的，看了之后，觉得还行。

春节过后的几天，单位里上下班并不太正常。我去三楼阅览室想看看自己订的杂志到没到，敲了几下门，无人应答，只好悻悻而去。过了一周时间，办公室同事送给我一大包杂志，是省作协定期寄给我的，看到这些杂志，自然就想到了自己订阅的那两份杂志。于是，我又一次快步走上三楼，敲了一下门，里面没有什么动静，随后我轻轻地转动一下把手，把手是动的，说明门是开着的，于是，我推开门走了进去。办公桌后面坐着正在上网的小王，我向他说明来意，他略表歉意地说，"我不知道是你订阅的，《散文》送往别的办公室了，因为去年人家订过这本杂志；《百花园》就放在阅览室的架子上，自己去找吧。"

走到书架前，找到了那本《百花园》，是第二期的，第一期的呢？他说，"我怎么知道？"我无奈地望着他，满肚子不高兴，但又不好发作，因为我也有责任，事前没告诉他这两份杂志是我订的。"我的《散文》呢？"他说，"可能送到309了，因为去年人家曾经订过。"他再三强调道。到了309，那人出去办事了，有其他同志在场，我只好在一堆乱糟糟的杂志里找到了2017年的《散文》，仔细一瞧也是第二期的。

心里真有点不舒服，我立即跑到上次订杂志的邮局，那个帮我订杂志的戴着老花镜的女人正坐在里面，我拿出自己去年订阅杂志的发票递进去。她态度温和地帮我查阅并打了电话，说我的杂志早已放在单位门卫处了，同时她还认真地在我的发票上写下了投递员手机号码。里面一位高个、大嗓门的中年人说，"我和你熟悉，曾经在一个乡镇工作过，投诉这帮家伙，这帮家伙不负责任。"我笑了笑说，"看什么原因，可不能随便投诉人家，无缘无故伤害人不好。"那家伙大笑道，"老师就是酸不拉几的。"我笑了笑，用手指着他，"你这个家伙没素质，邮局都像你这样就麻烦了，真是瞧热闹的不嫌事大。"

到了单位，我在门卫值班室各个角落都找遍了也不见杂志的踪影。于是，我按照发票上的手机号打过去，接电话的是他同事，他告诉我负责送我们单位报纸杂志的今天没上班。我无力地挂断了电话，只有等下周一，我再打电话给那个具体负责投递工作的人。到了周一，我一到办公室就打那人电话，打了好几遍电话终于打通。他说自己很无辜，春节前就把杂志送到我单位门卫处了，让我再看看自己的发票，是不是订的时间晚了，第一期是不是根本就没订。我掏出发票仔细一瞧，确实，《百花园》是从第二期开始征订的。"真不好意思，我没认真看发票，但《散文》还是从第一期开始的。"对此，我还是有点意见，再说，他说话的语气有点生硬。于是，我有点不高兴地说，"照你这样说，过错在我这个订杂志的人身上了？实话告诉你，你们邮局有人让我投诉你呢，可我没这样做，觉得你们投递员工作辛苦，不容易的，我不想伤害你。请你帮我找找吧。唉，实在找不到也就算了，算我倒霉。"对方停顿了一会儿，语气又十二分地缓和下来说，"这样吧，你叫什么名字？手机号码是多少？我帮你买一本吧。"我说，"行，不管你怎么着，能把第一期杂志给我就行。"像这样不太负责的人，我还得给他出一点难题，否则他以后对工作就不怎么上心了。

他如果把杂志真能送给我，那买杂志的钱还是由我来出，关键看他对这件事的态度到底如何。没过几天，他果然又打来了电话，说"想当面向我解释，我说我在单位二楼211室。不一会儿，他果真来了。他说，"你们教育局订了两份《散文》，一份没有第一期，你订的有，可能是你们负责这块工作的人把你的杂志送给别人了。唉，想了许多办法也没能搞到这本杂志，这样吧，我赔钱吧。"我看他语气谦恭，态度诚恳，"算了，你能有这个态度比什么都珍贵。"

此后，属于我的每一期《散文》，他都会端端正正、一丝不苟地写上我的名字，并且事后还打电话告诉我，你的第X期杂志到了，已经送到你们单位小王手中。

电脑浸水之后

　　刚到班上，打开电脑准备浏览一会新闻，顺手倒了一杯水放在电脑旁边。这时，有人突然到办公室来找人，我立即站起身来打个招呼。哪知一杯水彻底洒出来，杯子直直地倒扣在办公桌上，台板上淌着水，我顿时傻眼了。

　　我知道，电脑浸水意味着什么。我一手将电脑从玻璃台板上捧了起来，一手关了电脑。电脑的右下角跳出了一行字：电脑一硬件有故障，可能影响电脑正常运行。我心里凉凉的，担心电脑坏了。现在的人，似乎患了手机和电脑依赖征，离开这两样东西就活不成似的，生活一下子被打乱。于是，我急忙打电话给精通电脑的朋友寻求应对之策，朋友说赶快关机并放在空调下吹。我迅速打开空调，让空调的暖风对准电脑。可我还是不放心，走出办公大楼到老婆的表弟开的电脑公司去咨询。走在路上，我有点犹豫，因为这台电脑不是从他那儿买的。呵呵，现在有毛病就找人家了，真有点不好意思。没办法，只好去了，好在他比我岁数小，估计他不好意思说我什么。

　　到了电脑公司，老婆的表弟坐在门市里，店里还有位技术人员。他非常客气地请我坐下来，还倒杯茶，没有任何怠慢的意思。我急切地将电脑浸水的事告诉他，希望他能帮我，可他为难了。在修理电脑这一块，他在淮安区小有名气，可对于手提电脑却不敢拍胸脯，就算是技术人员也没有把握。俗话说"没有金刚钻，休揽瓷器活"。那位技术人员说要是另外一个品牌的电脑就好办多了，这个品牌的电脑，他从来没拆开过，不敢尝试，害怕给拆坏了没法交代。老婆的表弟打了淮安市区的几家电脑维修部，他们都说可以拿过来瞧瞧，没有绝对的把握，这就好比医生给病人看病，再小的病也没人敢保证百分之百能医治。

老婆的表弟说如果在他这儿修不好，在淮安区就没人敢修理了。可我还是半信半疑，或者说是抱着再试一试的态度，又到了另外一家电脑维修公司。这家公司在淮安区开得比较早了，技术力量也较强，可是我去了之后同样是失望而归。那天中午，饭也没吃好，满头脑的心事，一肚子的懊恼。后来一位朋友劝我说，先在家用电风扇吹，或者用电吹风，但用电吹风得把握好距离，弄得不好会让电脑变形，到时就麻烦了。要是拿到定点修理部，到时会不会让你花冤枉钱还很难说。考虑再三，我还是决定先将电脑放在此电风扇下吹再说，或者放在空调房中，等过几天再说，万一真的坏了再去修理也不迟。

之后每天下班的第一件事就是去看看电脑，心疼地摸着电脑，婴儿一般地照看着，并在心里祈祷着，千万别出现什么问题。如果真出问题，不仅要花上千元钱去修理，还影响工作。没有电脑的帮忙，许多工作是无法做的。过了五天，我终于鼓起勇气打开电脑，谢天谢地，一切正常，心中的一块石头总算落了地。

哑巴捉鱼

　　哑巴年幼时就失去双亲，几乎是吃着百家饭长大的。他非常勤劳善良，深得村里人喜爱，后来在好心人的撮合下娶了邻村的一个女哑巴。一年后生下一个女儿，两年后又多了一个女儿，三年后添了一个儿子。所幸的是三孩子都聪明活泼，口齿伶俐。当几个孩子都到上学年龄，哑巴家的日子便陷入困顿。

　　女哑巴在屋前屋后种植着各种农家蔬菜，同时还养了一趟鸡、鸭、鹅和两头猪。男哑巴则主要以捉鱼为生。家里有皮衩、鱼篓、鱼叉、地笼等。一年三百六十日，男哑巴都与这屋后的河以及不远处的绿草荡打交道。

　　夏天是男哑巴丰收的季节。每天早晨，东边刚泛鱼肚白，他就带上鱼篓、鱼叉和一副潜水镜，沿着河流一路摸过去。运气好的时候，能摸个十几斤；差的时候，只能摸个五六斤。男哑巴能吃苦，也特精明，哪里可能藏着鱼，藏着什么样的鱼，他都能估计个八九不离十。浸泡树木的河边以及石码头附近能摸到一些虎头鲨。有蕲的地方，哑巴就更来精神，只要发现洞穴，他都能有一些意外的收获：不是黄鳝就是大鳅鱼，甚至能揪到一两条大墨鱼。当他遇到这意外收获时，他的手就忍不住颤抖起来，内心涨满了激动和喜悦。

　　一次，我正在走路，哑巴突然大叫起来，随即"扑通"一声，我掉头发现哑巴已经纵身跳进河里。仔细一看，原来哑巴的鱼叉被一条大鱼折断了。不一会儿，哑巴就手举着折断的鱼叉和那条血淋淋的大青鱼踩着水游到岸边。到了岸上，他向路人竖起大拇指，兴奋得合不拢嘴。下傍晚，哑巴也绝不会闲着。他先拖着铁锨到田野的圩埂上挖许多蚯蚓回来，然后用竹签将蚯蚓一一串起来，最后将这串上蚯蚓的竹签细心地插进丫子里。在天黑透之前，哑巴一定要把这些丫子放在黄鳝经常出没的地方。哑巴家的丫子也不是花钱买来的，是男哑巴利用空闲时间用芦苇篾子编织起来的，所以村里人都说男哑巴心灵手巧。难怪啊，三个孩子都挺出息的，全部考上大学。哑巴逢人就笑眯眯的，还不时地竖起大拇指。

　　不知道从什么时候起，麻鱼器在大小河流和湖荡里到处横行着，哑巴即使再精明、再勤劳，也竞争不过麻鱼器。许多时候，哑巴泪汪汪地望着这荡，恨恨地仇视着这麻鱼器。有一天，男哑巴到镇鱼政管理所用手比画着，情绪十分激动。渔政管理所的人假装不懂，他们分明是揣着明白装糊涂。其实，渔政管理所早就收了那些麻鱼器的管理费。这世道许多事情连耳聪目明的人有时都看不懂，更何况哑巴。他见渔政管理所所长无动于衷，便愤愤地一把扯着所长的衣服往外走。渔政管理所的人以为他动粗打领导，便一拥而上，将哑巴摁在地上。从此，哑巴似乎在一夜之间变老了，头发全花白了，脸上皱纹分外清晰而深刻起来。每当他看到麻鱼器时，他一定会跺着脚甚至挥舞着拳头，像一头愤怒的狮子。

　　儿子大学毕业后，考上县城公务员并且在城里安了家。儿子要把父母带进城享福，然而哑巴说什么也不愿意，倔强得像一头驴。男哑巴用手指着屋后的河、附近田野以及不远的绿草荡，然后再指指自己的心窝。儿子明白，他痴情痴意痴恋着小水村的一切，一辈子都离不开它。一旦离开这让他魂牵梦绕的河流、草荡和田野，就像草木失去了泥土，鱼儿离开了水，再也没有半点生机。

阅卷点领导小组办公室内空调温度调得很低，似乎还有点寒意。不过，由于天气过于炎热，这感觉似乎也不算坏，总比挥汗如雨强。许多人都低头摆弄着手机，对此，我早就习以为常。

我也掏出手机玩了一会儿，刷了刷屏，浏览了一下新闻，可时间稍长一点，眼睛就有点受不了。于是我将目光投向窗外，窗外有一截很长的水泥路，上面洒满火辣辣的阳光，再远处便是学校大门，出了大门便是从学校门前横穿而过的柏油马路。马路对面是一家售报厅，上次到这办公室来曾经到那儿买过报纸。呵呵，对了，实在无聊，为啥不去买份报纸瞧一瞧？那纸质东西看起来，眼睛会更舒坦一些，更能找到一种阅读的感觉。只是去售报亭的路上没有什么清凉的绿荫，总让人心生胆怯。

硬着头皮，走出办公室，出了大楼，身体一下子暴露在炎炎的烈日下，顿时觉得皮肤火辣辣地疼，尽管我还打着伞。于是，我快速地穿过校园里那一截水泥路，再小跑似地溜过那横在校门口面前的柏油路。当我站到售报亭前时，衣服几乎汗透了一小半。售报亭内内外外都堆满了甚至挂满了各种各样报纸杂志，那戴眼镜、花白头发的老头大概连转动身体也非常困难。我掏出了三元钱买了份《国防时报》，老人接过钱，用手指了指，说，"报纸放在外面，你自己拿吧。"于是，我随手拿一份，瞧都没瞧就放进手提皮包里。

随后，我又不不再一次投身到强烈的阳光里，挥汗如雨地跑回办公室端坐下来，感叹还是这空调房间好啊。当我拿出报纸一看，傻眼了，我竟然拿了两份报纸，我无缘无故地讨了人家三元钱的便宜，我可是从不喜欢讨别人便宜的人，更何况是一位老头，那老爷子要卖多少份报纸才挣三元钱？本想立即送回去，但窗外热辣的阳光再一次让我胆怯，心想等天色阴暗下来或者到傍晚时分再送过去。就这样，我惴惴不安地把这份报纸浏览完。最终，我还是下定决心，尽快把报纸退给人家，说不定过了这时辰，这份报纸就不太好卖了。

当我再一次站到售报亭前，那老爷子正在认真地翻阅报纸。我说，"真不好意思，刚刚买报纸时，多拿了一份，现在退给您。"他头抬都没抬，慢腾腾地说，"请你把报纸还放在原来的位置吧。"随后一言不发地坐在那儿继续看他的报纸。唉，这老爷子，多吝啬，连一声"谢谢"都没有。我如果不把这份报纸送过来，你大概也不知道报纸是我拿的，你就自认倒霉。当我准备迈腿走开时，我又朝他大声喊道，"报纸，放在这边啦！"他依旧漠然地端坐在那儿，仿佛什么也没听到似的。

我有点失望地离开售报亭，不过我并没有为自己顶着烈日给他还报纸而后悔，能收获一声"谢谢"亦在情理之中，倘若没有，也不要耿耿于怀。退回一份报纸是我应该做的，也是做人的本分。我曾在少数朋友面前自谕是一个有境界的人，倘若连这点小事都做不到、做不好，境界又从何谈起？

夏夜闲趣

  小区附近既没有像样的人性化广场，更没有随便溜达的公园，日子过得十分落寞。尤其是炎炎夏日，白天阳光普照，我们几乎都龟缩在家，没有极其特殊的事情是绝不敢出门的。有时，我站在窗前朝小区的马路上望去，几乎不见人影，即使是猫和狗也难得一见。空调房间的那种凉爽，我总是那么不适应。只有到了夜晚，我才会出去走动一下，活动一下筋骨，呼吸一下空气，让自己好好地感受一下难得的惬意。

  晚饭过后，夜色降临，我和老婆便开门下楼。刚走出家门，镜片上已经是雾气朦胧。到了楼下，我用衣角将镜片轻轻地擦拭了一下。走出小区，穿过梁红玉路，然后再向东走一百多米，就到了村庄，那里有一片稻田。于是，我们就在人行道上散步，一边是稻田，一边是宽阔的水泥路。此时的夜晚才让我感觉到一点点凉爽。

  那天晚上，我们发现有个老奶，嘴里叼着烟，一手拿着芭蕉扇，一手拿着小木凳，向东慢悠悠地走去。我感觉有点滑稽好笑。不一会儿，又有一群老头老奶，一路说说笑笑，一副怡然自得的样子，去的也是同一个方向，身上的道具也和先前的那位老奶差不多。这使我想起小时候看戏或者看电影的情景，一种久违的亲切和美好便充满内心。

  走了一会儿，便见前面人群涌动。走近一瞧，有好几十人，男女老少都有。我们也饶有兴趣地停下来，想看够究竟。原来，这里有个自娱自乐的民间艺术团。三岔路口处有三个三角形的花池，花池中间是一片相对开阔的地带，这就成为他们的舞台。一旁的路灯特别高大，仿佛是个壮汉高高地擎着一个巨大的火把，给人恍如白昼的感觉。拖箱似的音响，停在一旁，一个光头老汉在不停地调试着声音。音响周围坐着两女三男，还有两个拉二胡的，看样子都是来表演的。等音响调试完毕，那光头瘪嘴的老汉站起身来，面朝观众，嘴朝无线话筒报了幕：下面是我团著名表演艺术家某某某演唱淮剧《河塘搬兵》，希望大家喜欢。于是响起了稀稀落落的掌声。这老汉对掌声似乎不太满意，在放下话筒时咕哝了一句："掌声不够热烈嘛！"随后便掌声如雷。紧接着，一位剪着齐耳短发的中年女子迈着台步，摆起了兰花指，此时，舞台的气氛一下子就有了。有人在不停地调试着二胡的声音，等一切准备好后，那中年女人才终于亮起了歌喉。这女人虽来自民间，音域却宽广，声音厚实，再加上这歌曲故事性极强，经她娓娓道来，时而悲切、时而凄婉，如怨如慕、如泣如诉。场子的四周鸦雀无声，连顽童也停止互相追逐。待到一曲终了，掌声经久不息，那一群老头老奶连声说好，淮剧就是这个味。

　　一首歌曲唱完，又陆续围拢过来不少人。有坐着的，有站着的。少数搭三轮车的观众，他们干脆就坐在三轮车中听，一边抽着烟一边听着歌，一天的疲倦大概也就烟消云散了。此时，我看到一位中年男子——光着上身，坐在三轮车里数着白天挣来的碎钱，数了一遍又一遍，一副快乐的样子，让人忍俊不禁。我笑了笑，用手轻轻推了推站在我身旁的老婆，老婆见这情景也会意地笑了，说，"一边听歌一边数钱的感觉可能会更好些。"那瘪嘴老头又开始报幕：下面是一首通俗歌曲《糊涂的爱》。唱这首歌的是位身材高大、留着大分头的中年男子。这歌唱得也很好，几乎与电视中唱得没有什么区别。看样子，这些业余选手都是高手，至于这些人是从哪里来的，观众中没人知道，大概也不想知道，只要有热闹看，有好歌听，打听这些大概是多余的。听完这首歌，我们又听了好几首，随后我们便回家了。歌还在唱，观众还迟迟不愿散去。天气太热，我已经汗流浃背了，得回去洗澡，好好休息一下，明天还要上班。听那瘪嘴光头老头说，明天晚上还会继续在这里表演。

一连几天的表演，村庄里的老百姓和附近小区的一些老头老奶都兴高采烈。吃完晚饭，洗完澡，他们就像我小时候见到的一样，忙不迭地过来看戏，仿佛是一天中最开心、最幸福的时刻。每次我们散步到这儿时都会停下来听上一会儿，回味一下童年的那种兴奋和快乐。

直至有一天，听说附近居民有人打了110，说这表演动静很大，太扰民。结果，110来了，警察也没批评谁，更没有驱逐谁，只是了解了一下情况，劝说道，"表演时声音要小一点，尽量别影响到附近居民的休息。"但没过几天，这表演就无影无踪了。没有人来表演，观众自然也就没有了。每晚的散步，我们还是坚持的，只是再也看不到那欢乐而热闹的场景，心中多少有点遗憾。

闲来看垂钓

　　三伏天，气温大多在 35 摄氏度以上。我请了假，和老婆一起来到女儿所工作的城市——苏州。古城苏州自是名不虚传。我女儿所在的小区虽没有古朴的石拱桥、典雅诗意的园林，却也到处是绿草如茵、小桥流水，香樟树、垂柳、银杏等树木摇曳着绿色的光芒。身处其中，烦躁不安的心顿时平静如水，身体也自觉凉爽许多。再加上住在九楼，外面稍微有点风，屋子里就会凉风习习，无须打开空调。我很珍惜这自然的风，这自然的感觉和味道，胜过空调无数倍。不巧的是，那晚和老朋友多喝了点酒，又因气温高达 38 摄氏度，眼睛发了炎，似乎什么事也干不了。书报不能读，电视更不能看。我只好躺在沙发上，让窗外的风越过阳台从我的身体上轻轻地溜过。幸好女儿装了网络，通过手机，我重新听了一遍《三国演义》，让人世间至真至美的"忠"和"义"再一次陶冶我的性情。

　　古城苏州素有"东方威尼斯"之称。女儿的住所四周河流环绕，河水清澈，水流潺潺，鱼虾水草等都新鲜活泼、生机盎然。不像我工作的城市，河水里鱼虾罕见，水草也近乎绝迹。许多时候，我都不忍心多看它一眼，害怕它的荒芜蔓延至内心甚至梦境，叫我寝食难安。

　　河的对岸时常有两个垂钓者。老婆说，大概是一男一女，因为我眼睛近视，看得不太清楚。每天他们什么时候来的，什么时候走，无法知晓。早上无论你起得多么早都能看到他们，晚上无论你睡得多么晚，你也会看到那两盏灯亮在河边。那天一大早外面就飘起了雨，哪知他们早已蹲守在那儿，没多大工夫，狂风大作，雷雨交加。

我站在阳台上，将许多高高低低的楼群尽收眼底，心中顿时回响起"姑苏城外寒山寺，多少楼台烟雨中"那古朴的诗句。同时在我眼底的就是那两位垂钓者。这时雷声一阵紧过一阵，闪电一次亮过一次，我只能关紧门窗，胆怯地将目光收了回来。良久，雷电稍停，我又打开窗户。哪知他们还一动不动地待在原地，像雨中雕塑。他们才是真正意义上的垂钓者。我再一次深深地体会到什么叫坚守、痴迷和境界。

傍晚时分，我和老婆出去散步，先在小区中走几圈。因为这边的小区到处是小桥流水，我们则喜欢流连忘返在木桥上。时而驻足观看，时而漫步赏景，虽是小区，却胜似公园。然后，我们到活力岛四周转悠，那活力岛岸边用木板做的浮桥上有许多垂钓者。垂钓者们有的只有一根渔竿，有的则有十几根，那阵势还真有点壮观。见到他们收起渔竿，小有收获，我们则跟着喜悦，见他们神情专注、目不斜视，我们也跟着享受起这宁静的时光和迎面而来的阵阵湖风。

有对从河南周口来的夫妻俩，老婆和人家闲谈起来，从闲聊中得知，他们也是到女儿这边来的，平时在工厂打工，闲时则来垂钓，这总比整天坐在那儿玩麻将的好。他那一套设备大概需要两千多元，他有许多钓友，有人设备上万呢。要做好一个钓友，真的要有一份很好的耐心，否则是无法坚持下去的。单就在钓鱼之前，他就得花上一个小时左右的时间，测河水的深浅、水流的流向，然后决定是否打塘子，最后才能用各种饲料搅拌成饵料。他们正常是晚上六点出来，夜里十一点左右收工。运气好时能钓三五斤，运气差时往往空手而归。钓鱼主要是乐趣，如果仅仅为了收获，那还不如到市场去买。我看了看那垂钓者一屁股坐在地上的老婆，问，"你每天都这样陪着他？"她笑了笑说，"几乎天天如此。"我打趣道，"真是夫唱妻随，好一对情趣相投的夫妻好"。

对于垂钓，我自然十分熟悉。我的童年几乎是在渔船上度过的，一丝不挂地站在小木船上钓鱼，几乎就是我童年的专利，应该说随意地垂钓伴随我整个童年岁月，让我的童年充满许多乐趣。后来，离开乡村，走进城市，城市中再也没有那样的河流，再也没有那样的流水，再也没有那样的鱼虾，最最主要的是城市的各种喧嚣浮躁充斥着我的内心，让我很难清静。

垂钓，真的需要有一个闲适的好心情。

好友提议到我老家绿草荡去玩耍，我也就欣然答应了。电话联系好那里一位好朋友马老板，第二天上午八点左右，我们的车子直接往马老板家开去。这段时间，马老板生意也不是太忙，于是他带我们一起下荡玩耍。在马老板家喝了一杯清茶后，车子便在窄窄的乡村水泥路上小心翼翼地行驶着。许久，才在一幢漂亮的农家两层小楼前停下来。

马老板下了车，朝站在门口的一位中年汉子挥着手，互相问候。那中年汉子，黑黑的脸膛，穿着大裤衩，裸露着上身，胸脯上长着一大撮黑黑的长长的毛，显示出男性的阳刚。他非常热情地将我们一行五人引进宽敞的院落。那女人也热情地迎出来，满面春风，虽已年近四十，但仍有一种水灵灵的感觉，大概是荡水的恩泽，让她显得格外青春靓丽。那男人从房间里拿出几张木椅一一请大家坐下。那女人则从冰箱里拿出藕和莲子，并用刀剁成一截一截的，然后微笑着招呼大家尝个鲜。和我从城里出来的朋友都在一个劲地夸这藕嫩而脆，略略有点甜，胜过那香甜可口的梨。我吃了几口，感觉一般，没有真正花心藕那种特有的清香爽口。那藕似乎有丝了，还略略上了点粉。是时间长了，藕提前上粉了，还是放在冰箱里的缘故？凡正尝不到童年时代花心藕的味道。虽然不是太满意，但我没有说什么，怕坏了朋友胃口，影响大家好心情。

尝完藕和莲子，马老板兴致很高地说，"走，下荡去，吃刚刚掏上来的花心藕，那藕才真正好吃，真正新鲜，这是在城里吃不到的，花再多的钱也难买到。"在他带领下，我们走出了院子，来到了荡边。荡边的风景就是不一样，处处可遇小桥，随处可见清溪。小溪里长满田田的荷叶，盛开着荷花，偶尔有水鸟从荷叶丛中飞起或者落下。仔细一瞧，你还会惊喜地发现清澈水底有鱼虾在自由地穿梭游玩，真是鸟在画中飞，人在画中行，荡畔人家的风景美不胜收。

荡边停着几条船，我们随马老板慢慢地跨上跳板，小心翼翼地上了其中一条水泥船。和我们一起去的还有几位女同志，她们穿着高跟鞋，在马老板热心地搀扶下，才最终顺利地上了船。等我们都上了船，船才发动起来。这时，发动机"突突"地冒着黑烟，船身抖动着往回倒。等船慢慢地离开岸，船夫才将船头拨正，向藕塘进发。

大概一刻钟工夫，船到达藕塘。我说这藕塘和小时候的藕田截然不同，以前是没有土圩的，只要你到了荡里，满眼全是荡田，到处都是高高低低的芦苇和蒲草，有的时候，你很难分清藕田与蒲田之间的界限。那中年男人还没等船停稳就迅速上岸，大概是夏天发洪水的原因，土圩筑得很高，藕塘里有齐胸口的水，没有很好水性的人是不敢贸然下去的。马老板又将几位女士分别搀上岸，请她们站在高高的堆堤上沐浴着野野的荡风，闻着草荡的体香，享受着草荡的风景。同时，马老板用兴奋而骄傲的语气介绍着这里的一草一木。她们也陶醉着、流连着、羡慕着。从她们的表情和眼神里，我似乎读到了那种发自心底地神往和赞美。我是荡边人，自然无须别人帮助，踩着船帮跳上岸。

那中年男人对我们说，"这藕塘一百多亩，养殖着龙虾、种植着荷藕，龙虾前几天整整卖了一千多斤。"我说，"现在长藕要不要用呋喃丹？"马老板笑了起来，"现在不需要了，如果用这种药，龙虾还能存活吗？他们的农药化肥都是我提供的，现在都用中草药，基本没有什么副作用。"听他这么一说，我放心地点了点头，对藕更多了一份好感和渴望。就在我们闲谈时，那中年男子已经下了塘，游进藕塘深处。不一会儿，他又折身游回来，踩点荷叶和荷花给我们，让我们一边顶着荷叶遮着阳光，一边怡然自得地亲近荷花的清香，轻松地体会一下荡畔人家的快乐。同时，他又一次消失在藕塘深处。

我们站在长满野草的堆堤边闲聊着这里的荡、这里的水、这里的鱼虾、这里的风俗人情。在他们面前，我基本上能对答如流，甚至滔滔不绝。闲聊间，我脸上写满自豪。

没多久，那中年男人从荷叶丛中推过来一蛇皮袋藕，马老板熟练地将它拖上堆堤，并将藕放到荡水里洗了洗，洗去藕身上的淤泥和浮萍。我们都急不可待地从马老板手中接过白嫩嫩的藕吃起来。几位女士说，这藕才是七月里的藕，才是真正的花心藕，真是饱口福了。我笑了笑说，"吃了这花心藕，可别花心哟，爱上绿草荡畔的老光棍，做他们的压寨夫人。"话音未落，她们就用手捧着清澈而明亮的水一个劲地向我泼来。我一边躲着水，一边说，"这里可不是云南，没有泼水节。"

马老板笑了笑，"如果你们喜欢，明年请你们再来游玩，请你们坐'水上漂'，喝绿草荡的水，吃绿草荡的鱼虾，呼吸绿草荡的空气，叫你们乐不思蜀。"

小城中随处可见三轮，就像我老家的小木船，有河流的地方就会发现它们的身影。三轮方便、便宜、随意，可以讨价还价，小城中几乎没有它不好走的街道和巷子，没有它不好出没的社区。

只要需要，走在街上可以随时招手要辆三轮，有时即使你不招手，只是站在路边张望几下，也会有三轮向你"游"来，急切地问，要车吗？起初，你可能觉得他们很热情，问多了你会礼貌地拒绝。有时候你明明是准备过马路的，或者是在等人，三轮却一下子出现在你面前，它挡住你的道和视线。面对这种情况，你可能会感到腻烦和不爽，甚至生出股怨气来，嫌三轮多事、碍事，心想真是要你车，不会叫你吗？可是三轮不腻烦，更不会生气，它有的是耐心和时间，他喜欢与行人搭讪、磨蹭，尤其是拎包裹、搀小孩、扶老人的。如果他见你还有点犹豫，三轮可能会进一步和你"纠缠"，问你去哪里，甚至做广告似地告诉你"车费很便宜、价格好商量、服务很周到"之类的话。如果你坚决地摇摇头，三轮会悻悻而去，再去捕获别的猎物。

不论是早晨、中午还是深夜，都可以在街上看见三轮，三轮几乎没有困顿的时候，它似乎有使不完的力气。

三轮车夫许多时候都聚集在单位门口、商场周围、景点附近。夏日里，他们偶尔也会三五成群聚在树荫下玩起斗地主或者惯蛋。一般情况下，他们的赌资也就在二三十元左右。最后如果谁赢多了，赢者还会买上一瓶劣质酒、一盘花生米、少许猪头肉，随便找个地方坐下来，开心地喝着，满头是汗地聊着，甚至还会玩起猜拳的游戏。那情景有时让路人羡慕甚至感慨，他们才是真正饮酒人。

在我们单位门口，时常有三轮在守候，就像在鱼儿时常出没的地方张开的网，时间一长便和我们熟悉了。在街上遇见时，还会互相点头打招呼，算是熟人。只要我们需要三轮，大多叫他们，偶尔经过这儿的三轮几乎是争不到客的。当然，他们也会做生意，你要是问他们多少钱，他们总会笑着说，随便给吧。或许他们心里清楚，在单位工作的人，大多情况下，是不会在一、两元钱上计较的。但我们许多人会吸取教训，正常情况下，不讲好价格是不会坐车的，防止到目的地时"挨宰"，多付点钱事小，影响自己的好心情事大。

在这小城中，蹬三轮的有各种各样的人，年轻的、年老的、男人、女人，还有眼睛不大好使的，甚至还有腿部残疾的，等等。只要他们愿意，似乎随时可以买辆三轮上街拉客。起初进城时，我总是联想到鲁迅先生笔下三轮车夫的形象，往往不忍心叫年老地拉我。可是有一次的经历让我彻底改变看法。一位老者靠我很近，我却招手叫离我很远的小伙子。那老者生气地朝我喊道，"为啥不叫我车？嫌我老吗？我可有使不完的力气，真是的！"仔细看，这老者体态虽有点臃肿，但肩膀宽厚，脸膛黑红，身板结实，声如洪钟。我笑了笑，向那位被我叫过来的年轻人说了声对不起，便坐上这位老者的车。

"您多大年纪了？"

"62 了。"

"这把年纪应该退休在家享福。"

"福？哪来的福？我以前在船厂上班，现在倒闭了，儿子和媳妇也下岗，孙子读高中。哎，没办法，上面还有个80多岁的老娘，家里就靠我一个人。"

"唉。"我同情地叹了口气，望着他肩上担着一条擦汗的旧毛巾，就进一步感受到生活的艰辛。

"你怎么不把生意给我做？"

"你担心您年龄大了，再说让您拉我，觉得有点不好意思。"

"哈哈哈，你错了。坐我的车是对我照顾，是把钱给我挣，感谢还来不及。"

"儿子也没我力气大。"过了一会儿，他掉过头来自豪地对我说。

等到爬坡时，我主动要求下车，他则要我继续待在车上。他见我态度坚决，便让我下了车。他在前面拉着车，我在后面推着车。"呵呵，我看你像个教师，心肠竟这样好。"

"社会上还是好人多嘛。"他见我说这话再也没继续搭理，默默地、使劲地蹬着车，对我的话题似乎没有兴趣。

这小城里的三轮叫人不舒服的就是太杂、太乱，而且也不够统一，什么样的车都有，起先是脚踩的，后来有的脚踏的三轮随意装上小小的马达，大概是想省点力气。可马达发出的噪声非常刺耳，叫人很不舒服，同时还有安全隐患。再后来，街上风行起电动三轮来，起先我是不愿意乘的。时间不长，街上到处都是，几乎到了不乘不行的地步。有一次，下班时，路过周恩来纪念馆，只见几位老外站在出口处，十几辆三轮将他们团团围住，然而几个老外坚决地摇着头，嘴里不停地"NO，NO"。他们大概是想要出租车，可翻译告诉他们这小城比不得大都市，很难打车的。这件事让我深深感受到这座历史文化名城的寒碜。

后来，出于城市体面和文明的考虑，对三轮车干脆来个一刀切。楚州大道以西、西长街以东，无论是什么样的三轮，白天一律不允许进出。只要被交警逮住，就得罚款、扣车。一时间，三轮成了胆战心惊的过街老鼠。

我到北京坐过三轮，那儿的三轮车夫，能到处拉着你逛胡同，滔滔不绝地讲解着北京的历史掌故和文化，让我觉得他们是非常出色的文化人。难怪啊，人家是皇城脚下的人，就是见多识广、很有品位。自己挣了钱，客人过了瘾，我直呼这钱花得值，心里感觉爽。

其实，这小城也算是座很不错的历史文化名城，为啥就不能学习北京的做法，让三轮在各种景点中穿梭，在各类文化掌故中漫游，让三轮成为小城中一道文化的风景，三轮车夫也定位为一个文化元素。如果他们能将劳力和文化结合起来挣钱，这样一来，既使自己受到了古城文化的熏陶，又能让四面八方的游客受到古城文化的洗礼。那可真是其乐无穷、益趣无边。唉，我是不是过于理想化？

第四辑

写幅春联 过大年

写副春联过大年

　　进城十多年了，从没写副春联过大年。想起来真有点遗憾。自己好歹也算是个文人，春联都是去街上购买，有时自己也在笑话自己。有人说，买副春联最好，省时省事省心，可我总觉得这年过得像做菜时缺了一点点盐，少了些许年味。

　　以前在乡下，尤其是读大学的时候，写春联是我过年的一个重要内容。我得把院里院外所有门上的旧对联全部清洗干净，然后再去供销社买来笔墨纸。说实在的，写对联真不是一件轻松的事，我得先把纸裁好，那裁好的纸也不是随意裁的，得根据门的高矮长短，把纸裁得长短宽窄恰如其分。等一切都弄妥当，最终在一张干净的桌子上才会铺开纸挥毫泼墨。等春联写好后，再用刀慢慢地裁剪一下挂廊。呵呵，那挂廊只要是家里有门的地方都能挂，甚至包括猪圈。

　　离我家几十米处有一位老先生，他读过私塾，写得一手正楷字，很是漂亮。附近许多人家纷纷找他写春联，见到我时，脸上不免有几分得意："你看看，现在的大学生啊，只会死读书，毛笔字写得真不怎么样。"听到这话，我自然不舒服，但也没办法，哪叫我技不如人？随后一些日子，我会抽时间把字认真地练一练，暗下决心等明年一较高下。可惜，坚持不了几天，我就再也没有心思继续练下去。

其实，我在大学里也学过几天书法，而且还师承书法名家——姜华。只是我不太用功，更没有钻进去，所以没多大长进，但在过年时写副对联还能凑合，只是与那老私塾一比，自是逊色了几分。虽然我的字写得不是太好，但家族里的人大多还是找我写，一是因为他们与我是同宗同姓，二是因为我是整个大家庭里唯一的大学生，好歹也是在家族人的脸上涂了点粉的人。他们往往把裁剪好的纸送到我家里来，再三请我帮他们写好春联。

今年，我兴趣上来了，再加上前段日子也练了书法，尽管写得不是很好，但写副属于自己的春联起码算是件开心的事是，谁让我是学汉语言文学的？办公室有位同事写得一手好字，我问他，"你家的春联是咋办的？"他说，"上街买的。"我说，"你就不怕人家笑话！"他则笑着说，"写春联非常烦的，哪有时间。现在有几个人写春联？头脑坏了。"一听这话，我再也不敢把自己的想法透露给他，或许在他的眼里，我的头脑确确实实坏了。那天去理发店，遇见大学时的同学，他手里正拿着刚买的春联，我吃惊地问，"你也买春联？"他点了点头。我说，"你写得一手好字，怎么也买春联？"他笑了笑，"谁愿意去找麻烦啊？买现成的多好。"

我一定要写副春联，寻找那种过年的感觉。至于春联的内容，以前在乡下，我会利用放假时间慢慢思考、仔细酝酿，最终琢磨出一副相对工整的对联。现在我也懒了，许多事情上网搜一下就完了。于是，筛选出许多条，最后我选中一条：伯乐明眸识好马，良才妙手展宏图。或许有人认为我这副春联中暗含自己的抱负，而我年过五十，再谈抱负，会惹人笑话。

那天下午，我走街串巷，经过多处打听才终于买到一张红纸，我花了一元钱买了一张红纸，据店员说这是小城最优质的红纸。然而，我看了看红纸，只是一张非常普通的红纸，手一摸就立即红了起来。不过，对我来说，确实是解决了大问题。

家里笔墨砚是现存的，因为我平时偶尔也会练练书法，最近一段时间临摹的是王羲之的《兰亭集序》，所以在行书方面也能找到点感觉。我不喜欢那种毕恭毕敬的楷书，少了点个性张扬，当然，楷书更要功底，我的功底不够厚实，也就只能随手写了。在这方面，我多少有点自知之明。随手写的字多数不是行书就是草书吧？我是这样想的，不知道对还是不对。

我拿出了刀，裁剪着纸，然而，那刀口不算锋利，把纸裁剪得蛇游状，有点难看。由于多年没裁剪过纸，所以手也生硬了。勉强裁剪好后，我在抹干净的桌子上铺开纸。我屏住呼吸，一挥而就，感觉字写得马虎，贴在门上只能算是将就。不过，从严来说，实在是不能贴上门的。一是纸裁剪得窄了些，字也清瘦了些，与门不怎么匹配。我站在那儿苦笑了下，老婆说，"算了吧，买副春联不就完了？瞎折腾啥？"听她这么一说，我感觉更要写副春联，因为在骨子里我感觉到她话中有话，或许是在有意无意地嘲讽我。

第二天，我又一次找到了那个文化用品店。吸取上次教训，这回我买了两张。这次我把纸裁得宽一些，字写得大一些，墨汁沾得也浓一些，最后屏住呼吸一气呵成。这是我以前写对联养成的习惯，一个字一个字慢腾腾地写不是我的性格，也容易把字写得拘谨。我就是喜欢一挥而就的感觉。这回我写了两副春联，写好后，我把春联竖起来瞧了瞧，满意的留下，不满意的扔掉。

贴春联的事交给老婆。"春联由我写，但你得贴，咱也得分一下工。"

女儿回来了，看了看春联，"哟，老爸，你真不简单，还有兴致写副春联。"随后，她把春联拍成照片，发到朋友圈。叫人开心的是收获了不少好友的"点赞"。

只要矿泉水瓶

在这个小城里，他只钟情矿泉水瓶，对别的似乎都熟视无睹。

一辆宝马死死碾压着一个矿泉水瓶。他用手拽，拽不出来；用嘴咬，也咬不出来。他一屁股坐在地上，毒毒的阳光下，竟然放声大哭。

一个搭三轮车地走了过来，"哭什么？"

"这矿泉水瓶，我的矿泉水瓶，你能帮我拿出来吗？"

三轮车夫前后左右瞧了瞧，摇了摇头说，"压得死死的，好像没有办法拿出来。"三轮车耐心地蹲下身子，使劲地拽了拽。

他似乎哭得更响了。

三轮车夫站在他身旁，无奈地搓了搓手，"送你一个好吗？"

"好啊，"你送我一个，我就不哭。

三轮车夫从杂货店里买了一瓶矿泉水递给他，他一把接了过来，将瓶盖拧开，水倒在地上，然后欢天喜地、哼着小曲走开了。

三轮车夫愣在那儿，喃喃自语，"原来是个傻子。"

三轮车夫跨上车，又回过头来，瞧了瞧他一摇三晃的背影，摇了摇头，叹气道，"唉，我真傻。原来是个傻子。"

一件奇事

　　教研室主任安排王特级去银杏大道的人行道上扫地捡垃圾，王特级嘴里叽咕道，"怎么安排我去？真是奇了怪，闲人多的是。再说，昨天我都向领导汇报了，下午有一个重要的教科研活动。"

　　主任说，"没办法，领导的指示，谁都不能例外。下午我也去。"

　　尽管一百个不乐意。王特级还是准时准点到机关大门口去领粪箕、扫帚以及红红的志愿者臂章，乖乖地跟在主任后面。

　　兵分两路。主任领一年轻同志在路东，王特级领一年轻同志在路西。

　　在单位待久了，王特级明白一个道理。说多了于事无补。不但任务还得自己去完成，而且领导对你印象也不好，得不偿失。乖乖服从才是王道。

　　天气炎热，人行道上的树小得几乎觅不到阴影，容不下身子。王特级只好戴着太阳帽，穿着防晒服，带上水杯。

　　尽管就两个人，王特级也进行了分工。把这段路分两截，长一点的给自己，短一些的给年轻人。他不想因这小事让自己背上占小便宜的坏名声。

　　王特级干啥事都认真，他一路上捡着烟头、树叶、塑料袋等杂物。

凡是他走过的地方，就像洗过的脸一样干净。不一会儿，脸上的汗几乎把他的眼镜弄模糊了。待他直起腰休息一下时，举目四望，路两边值勤的人只剩下自己。大概别人都找地方休息去了。

左右不了别人，只能做好自己。这是王特级到机关后的座右铭。

突然平地起了一阵狂风，灰尘漫天，而且还打起很大的漩涡。一辆电动车在四岔路口轰然倒地，车子重重地压在骑车人身上。这个奇怪的四岔路口，不知为什么，一直没有红绿灯。无论如何，得有个红绿灯把守着，否则一定会出事的。

一位老奶急匆匆地从南往北走，只见她快步地走过去扶起电动车。过了好一会儿，那人站了起来。王特级走近一瞧，是一位年近七旬的老爷爷。老奶帮他拍了拍身上的灰尘，问，"没事吧？"老爷爷自己也掸了掸身上的灰尘，忙说，"没事。谢谢。"老奶说，"没摔坏就好，以后骑车小心点。"老爷爷说，"风太突然，太狂了。"老奶说，"是啊，这鬼风越来越大，把人的身体都刮得飘起来。"如果老奶不去扶，王特级也准备过去扶他一把。

王特级站在路北，目睹这一幕，内心暖暖的，同时也在暗暗批评自己：连这点小事都没积极帮那老人，还算特级教师？

待老奶走近时，王特级真诚地朝她竖起大拇指为她点赞。老奶慈祥的双手合十地朝他笑了笑，"应该的，谁没有跌倒的时候？扶人一把，功德无量，阿弥陀佛。"王特级和老奶几乎肩并肩地走到另一个四岔路口，然后才各奔东西。

老奶笑容中有种说不清楚的异样，只是用语言无法形容。没走几步远，王特级禁不住回头瞧了瞧老奶的背影。突然又狂风大作，老奶居然变成一个纸人，飘飘荡荡到半空，瞬间无影无踪。

炎炎夏日，人行道上只有王特级一人，他的衣服几乎湿了半截。王特级惊呆了，忙摘下眼镜，揉了揉眼睛，又撩起衣服的下摆擦了擦眼镜，几乎不相信自己的眼睛。

书呆子，快来明远饭店喝杯茶。主任发来消息。王特级迅速寻到这个饭店，坐下来狠狠地喝一口早已准备好的凉茶，压压惊。

主任说，"特级啊，你不但工作认真，劳动也认真。人家都找地方休息一会，只有你呆头呆脑地在大街上仔细捡拾垃圾。而且你还做了一件好事，帮一位老爷爷扶起电动车。真有你的！"

"不是我，是一位老奶。"王特级疑惑地望着主任，突然结巴起来。

"怎么可能？我们仨都是第一目击者，"主任笑了，"做好事还不愿承认？难怪人家都说你是书呆子。"

王特级默默地低着头，一脸茫然，然后嗫嚅道，"我是行为诡异的老奶吗？"

主任笑着用手背轻轻碰一下他的额头，"发烧了？在说胡话？"然后爽朗而又开心地哈哈大笑起来。

这事真怪了。算了，不去辩解，也别再告诉任何人，就让它烂在肚子里。一旦说出去，肯定会遭人耻笑，光天化日说鬼话。有些事能讲明白，有的事越讲越不明白。王特级尴尬地推了推鼻梁上的眼镜，在心里反复提醒自己，然后埋头喝茶。

额头上的汗又一次把眼镜弄模糊了。

如厕

在这小城里，买个大平方的房子，拥有双厕，是奢侈的梦。

老婆过了钟点，如厕大解时会痛苦万分，时常鬼哭狼嚎半天，五官都扭曲，最终大汗淋漓而出。所以，我常常让着她。

早上，我早早上过厕所，但小腹仍有坠胀感，即使再使劲解也毫无结果。算了，早饭后再说吧，或许早饭后再解就轻松自如多了。可是早饭之后，大解的感觉并没有如期而至。此时，窗外响起雨声，老婆说想吃野生鲫鱼。小区附近，只有翔宇小区西门附近有家卖野生鱼的。于是，我就拿着伞下楼去。

走出翡翠城花园，突然来了便意。我忙三步并作两步走，穿过柏油马路，向东边小跑而去。垃圾中转站东边，有个宽敞明亮的公厕。来到公厕门口，只见公厕门前戗着一个牌子，上面写着：正在维护，禁止使用，谢谢合作。我问站在一旁的工作人员，"为啥维护？"她犹豫一下，说，"昨天晚上，有人如厕时摔了一跤，磕掉两个大门牙，血流一地。今天就有人来撬掉旧地板，换上耐滑的新地板。"

向北走，过一个红绿灯，大约200米远处，也有一个公厕。当然，这路正在重新改造。幸好，两边的人行道没有堵死。右边人行道窄，左边人行道相对宽一些，我便从左边过去。待我小跑着到那边时，才发现通往公厕的路几乎堵死。一次小小的如厕竟然难于上青天，我沮丧不已，额头上已经流着汗。

新开挖的老涧河东侧也有一公厕，好像是上下两层，很是气派。把公厕盖成上下两层的，在这小城里大概只此一家。这座小城，小区很多，如雨后春笋，可公厕很少。

卖野生鱼的门市就与这公厕隔一条马路。我打着伞一路狼狈地小跑而去。路上正好遇见一位昔日同事，他似乎想和我多聊几句。无奈我满头冒汗，心虚地连忙朝他摆手，不好意思地说，"有急事，下次再聊。"那人只好一头雾水地点了点头，再三地朝我瞧了瞧。

公厕前也有一块牌子，离得远，我看不清楚。因为即使戴眼镜，那字迹也朦朦胧胧的。待我走得很近时，只见牌子上面写着：今日暂停开放，敬请谅解。此时，我身上的衣服似乎已经湿透。据旁边修电动车的师傅说，有人来检查卫生，暂时关闭，防止把刚铺的瓷砖弄脏。检查完之后，才能开放。 我无奈地摇了摇头，真是天下奇闻。

买了鱼，付了账，虽然家近在咫尺，我却只能打滴回家，害怕自己走在路上出洋相。到家后，老婆刚从洗手间里出来，我扔下鱼就狂奔进洗手间，关起门。哎呀，这一片天地是我的，我是自由的。我大汗淋漓，我如释重负，我庆幸自己未在路上出丑。

老王

搭三轮车的

小区大门口附近几乎每天都有好几辆三轮车成一字形排开，有序等客。其中，有两个老王。一位是小区外东边村子里的，算是郊区人；另一位是我老乡，而且是同一个村的，算是地道的农村人。东边村子里的老王，头大、脸黑、身段粗壮，比较厚道；老乡老王扁头、扁脸、扁鼻子，皮肤土灰般的黑，看上去很不健康。小时候对老乡老王印象特别深刻，因为他在村里戏班中经常扮演坏人，比如王连举、穆仁之等。他原来在大江南北搞运输，后来年龄偏大，船用不动了，就交给儿子和儿媳妇。

在我们这个奇怪的小城，想打到真正的的士几乎比登天还难。没办法，你想去远一点的地方只有坐三轮车，提起三轮车，我就闹心，似乎有一万个理由不坐这个倒霉的三轮，能不坐尽量不坐，再说单位离我家也比较近。春秋天，我常常步行到单位。一旦天气炎热，或者阳光毒辣，或者暴雨如注，我就不得不坐三轮车。当然，有时候因急事或者赶时间也无可奈何地坐三轮车。就这样，在体验过许多三轮车后，我和老婆选定东边村子里的老王。他开车慢而稳，不抢道，不闯红灯，价格也公道，待人热情，服务周到。有时候，明明应该是 5 元钱的，他只收 4 元钱，时常硬将 1 元硬币塞到你手里。许多时候我都将这 1 元钱退回去，

1元钱虽不算什么，但心里感觉舒服。偶尔不慎，上车时头撞到车棚，老王会立即说，"哎呀呀，怪我不好，我没提醒，这车棚有点矮，不注意是会碰头的。"我则笑了笑，"没事的，撞得不重。"他愧疚地说，"以后每次上车都提醒你一下。"这样一来，大家都喜欢坐他的三轮车。

老乡老王是后来到我们小区落户的，而且到小区好久才买辆三轮车，大概主要是方便接送孙子上学。因是老乡，碍于情面，有时候也坐他的车，但他开车速度快而且喜欢闯红灯，价格也比别人高。劝他别闯红灯，他却我行我素，十分固执。"没事的，我什么场面没见过？大江大河见识过，风高浪急经历过，你看我不是好好的？"他却反过来劝我。这样一来，我就更害怕坐他的车了，主要原因不是价格，而是安全。一旦出了事，就只好自认倒霉吧，他们没交保险，同时也没有什么赔偿能力。

今年夏天特别炎热，35摄氏度以上的高温天气持续了一个多月，再加上这个荒芜的小城，路边没有成片的高大树木，更没有多少阴凉。平时我是骑自行车上班的，人还没到办公室，衣服便湿透了。即使是这样，在高温天气里，我还是坚持了好几天，但那种浑身湿透的感觉真挺难受的。尤其是到办公室打开空调后，那湿透的衣服紧紧地贴在身上，前胸后背都透着一股钻心的凉。于是，老婆说，"你以后就让老王来接送你上下班吧，人家能买轿车上下班，我们就不能乘三轮车？也别太抠。"我笑了笑，"不是抠，是怕坐三轮车。"老婆说，"那就坐老王的车，他开车稳且安全。"我知道她说的老王就是小区东边村子里的老王。那天午睡过后，天气实在是热，外面的阳光格外刺眼。于是，我掏出手机打通老王的电话，哪知我下了楼，见是老乡老王，知道自己打错了，但没办法，我只得上他的车。总不至于人家到楼底下还让人家走，说自己打错了电话。如果这样，是会吵架的，而且我也不占理。坐到他车上，闻到了一股热烘烘的腥臭味。他有严重的皮肤病，他也不治疗，就这样慢慢拖，因为这病还没到要他小命的地步。从我家到单位并不远，今天我却觉得特别漫长。我奇怪怎么手机里有他的号码，可能是个把月前坐车子时向他索要的。到了办公室第一件事就是删掉他的手机号。那天下午下班时，我是走回去的，到小区门口，正好遇见了东边村子里的老王，我忙向他要了手机号码，并立即把他的手机号输进自己手机。

从此，我每天上下班，几乎都打电话给东边村子里的老王，他接到电话后会准时赶来接我。有好几次，老乡老王看到我坐在另一个老王车上，似乎很不悦。以后，在小区里见到我，脸总是绷绷的，再也不像以前那样亲热地和我打招呼。对此，我只能无奈地笑了笑。呵呵，没办法。没有什么比人身安全更重要。

酒席上请莫谈文学

我怕应酬，因为我酒量不中，再加上我不擅长交际。但有时候，不得不去，毕竟人无法生活在真空中，必要的应酬是避免不了的。

应酬成了我挥之不去的痛，许多时候，我多么想"躲进小楼成一统，管它冬夏与春秋"。然而，我真的做不到，很怕被别人孤立，遭世人嘲笑。

我只是个俗人，一个普通得不能再普通的俗人。

酒席上，我更不愿谈文学。本来，喝点酒谈点文学，是多么合乎情理的事。然而，许多场合，我是最怕别人谈文学，更怕别人扯上我。别人扯上我的原因非常简单，因为我喜欢文学。唉，鬼知道我怎么喜欢上文学。现在想来，真有点后悔当初。

在农村中学教书时，一位诗人送我几本诗集。当时社会上出书的人还比较少，再加上我也喜欢诗歌。于是，我请他喝酒，也请了几位朋友作陪。席间，我们自然谈到诗歌。介绍他时，我说他是诗人。其他朋友见我这样介绍，不少人也跟着吹捧，说是全省著名诗人、全国著名诗人，甚至全世界著名诗人。诗人听得飘飘然起来。席间，也有一位不谙世事的朋友没说诗人是著名的，再加上自己不怎么喜欢诗歌，因为读不懂。这样一来，诗人非常恼怒，在给几位朋友签名送书时，唯独没有给那位不喜欢诗歌的朋友。他这样做，却叫我非常尴尬和不自在，因为诗人得罪了朋友，于他无妨，于我则有害。毕竟，当今社会，得罪朋友一定不是什么好事。

本来嘛，不喜欢诗歌的人，送他诗集干吗呢？诗人做得有理。但我又转念一想，说谁是诗人，谁是著名的，不著名的，岂是我们几个小人物说了算？即使是什么大人物，也不见得是我们说了算，何苦又耿耿于怀？在我看来，应该是自己的作品说了算，是历史说了算。经得住历史考验的人，掐指算来，当今社会能有几人？更何况我们这个小得不能再小的小圈子。

我很怕自己是井底之蛙，但有时候，自己确确实实就是井底之蛙。我努力地敬畏文学，虔诚地对待文学，可是丑陋而荒唐的现实常常给我蒙上了一层又一层阴影，叫我极端失望、苦不堪言。

本来嘛，和喜欢文学的人在一起喝点酒谈谈文学，应该是人生一大快事。可惜，酒席间，那些所谓的作家，一开口就说自己的作品在哪里发表了，最近又出了什么书，获了什么奖。照实说来，发表作品也好，获了奖也罢，应该是可喜可贺的事，只是那些发表的作品，那些所谓的获奖，充满了猫腻，他们说这事时脸不红、心不虚，而我则听得脸红发躁。

这倒也罢，因为许多时候他们讲的是事实。

更有甚者，在酒席上互相介绍起来，真是叫人坐不住。吹捧某某是大诗人，某某是大作家，某某是我市的莫言，讲的人心不慌、脸不红，听的人也怡然自得。说内心话，我真的非常佩服他们的勇气和脸皮。我突然想起了狄金森的一首小诗，用在这儿不知道是否贴切。"我是无名之辈！你是谁？／你——也是／无名之辈？／那么我们就成一对！／别声张！他们会传——你知道！当——名人——多么令人厌烦！／像只青蛙——又有什么不同——／将它的名字——在漫长六月——／告诉一片正仰慕它的沼泽！"

前几天一个晚上，一位非常好的朋友请我做客，说是几家人春节聚餐。因为关系太好，我也不好拒绝。当我在酒席上坐定，抬头一瞧全是陌生人。我有点后悔，但此时退场，定会引起好朋友的不快。于是，我不得不坐在那儿。席间，一位他的朋友，嗓门大、酒量大。不知道朋友为什么非要介绍我喜欢文学、是什么作家，我再三摆手，酒席上别谈文学，我也不是什么作家，只是文学爱好者。我努力地再三地放下身段！哪知这位朋友立即露出不屑的神情，只因没听说过我的名字，更没读过我的作品，就认定我的作品一般般，甚至是不入流的破玩意。他还指点江山激扬文字起来，说市里有几位名作家，但说了半天，也没见他说出哪个作家的名字，更没说出哪部作品。其实，我大不必和他计较，作品优劣岂是他说了算？再说，我写作品既不去刻意取悦谁，更不是为了吓唬谁，仅仅是真心地喜欢文学而已。

一个没读过别人作品的人就匆忙下谁优谁劣的结论，我想不是出于偏见就是由于无知，除了可笑就是荒唐。

荡畔敬月

　　一转眼工夫，圆圆的月亮从芦苇丛中一跃而起，清澈而明亮的月光便洒满整个绿草荡。

　　月色中缥缈着草荡的各种气息，传递着各色信息，让人觉得格外清爽和宁静。芦苇丛中，几只柴雀正叽叽喳喳，是梦魇，还是被突然造访的月光惊醒？鱼儿不时地跳出水面，弄出很响的声音，似乎努力打破这月夜的寂静和湖面的幽暗。

　　院落里，鸭子在鸭栏里推推搡搡，争吵不停；小猫在院落里到处溜达，偶尔卖乖地将身体在男人的腿脚边蹭蹭，然后慵懒地跑到一旁躺在地上用舌头细心地舔着自己身上的毛发；大黄狗也在院里院外忙碌着，总是在快乐地摇着尾巴，一直紧跟在女人屁股后面，似乎想得到一点施舍。

　　院落里洒满月光，也飘浮着那菱角、荷藕、莲子的清香。不一会儿，男人从屋里搬出干干净净的小方桌，桌子上摆着那枝枝蔓蔓非常完整的藕，那藕的主干足有四节，藕节处还旁逸出许多小的枝枝节节，可贵的是它没有一点破损。女人将锅里那热热乎乎的野菱角盛在青花瓷大碗里，然后恭恭敬敬地端到擦洗干净的小方桌上。除了这些，小方桌上还摆放着莲子、鸡头米等，当然月饼是断不能少的。等一切停当后，女人再燃上香，三炷或五炷，表示福禄寿或者福禄寿喜财。此时，小水村里的鞭炮声此起彼伏，打破了月夜的宁静，引起一群土狗的狂吠。等一切停当后，男人和女人都坐在院落里静静地欣赏着月亮，谈论着身边的草荡以及小水村里各种故事。院落东南角那荷花缸里的荷叶上落着一只红蜻蜓，它似乎对小院里的一切都没有反映，只钟情自己的美梦，入眠得很深。

皓月当空，宁静祥和，男人深情注视着乌蓝天空中那轮明月，慨叹道，"真是月明星稀，许多个月明之夜都没有今晚的夜色这般美好、这般诱人、这般温馨，真能把人所有的欲望掏空，有一种飘飘欲仙的感觉。"女人则拿出手机拍了几张月亮的照片，然后迅速发在朋友圈，收获一个个好友的"点赞"。女人一会儿微笑着欣赏着月亮，一会儿又陶醉在自己的手机里。女人说，"月亮时而戴着草帽，时而挥舞着丝带，真够浪漫的。湖面上，还有月亮浪漫的倩影。"

在男人的眼里，今晚月亮诗意起来，草荡也诗意起来，甚至与自己朝夕相处的女人也诗意起来。清风徐来，秋虫唧唧，草荡的夜晚真正幽深寂静下来，偶尔有一两只荡鸟从夜空中喷喷飞过，充满草荡气息的浓浓诗意从热爱生活、热爱劳动的人们心灵深处再次轻轻掠过。

此时，一盏盏孔明灯从东边冉冉升起。它兴奋地燃烧着、有序地飞翔着、喜庆的明亮着，这充满希望的灯盏正烧向这无边的月色以及月色下美好的致富梦。

相会于白马湖畔

车子开到白马湖畔时，天已经黑透。在我们到达之前，已经有几辆小轿车慵懒地躺在鱼屋前面的小路上。

走下车子，一种久违的夜色迎面袭来，真是伸手不见五指。抬头仰望天空，天空的夜变得率真起来，漆黑的夜只剩下星星。

我并没有急着上船屋，而是在一位学生的陪同下向右边小路走去。小路两旁是一片小树林。空气清新，呼吸顺畅，小路宁静幽深，远处是零零星星的渔火，偶尔传来湖鸟的叫声，多亲切而又美好的夜晚。

随意地逛了一会儿，我们便走进船屋。这是一位做老板的学生特意安排的活动。他说快三十年了，同学之间、师生之间应该在周末聚聚，否则便疏远了，见了面也不一定认识。我说好啊，选一个静一点有特色的地方。于是他便选择白马湖畔。活动不仅放在湖畔，而且选在船屋上。说它是船屋，也真是别有一番情趣。有三四根很粗的钢缆将船牢牢地固定在湖边，船与岸之间搭起一座桥，桥两边有扶栏，走在上面感觉特别安全、踏实。

应邀前来的同学、老师差不多到齐了，大家都为这样的聚会叫好。我们可以很好地呼吸白马湖畔空气，吃着白马湖畔的鱼虾。清水煮的龙虾胜过盱眙的十三香，白马湖的龙虾没有任何污染，味道纯正，色泽红而不黑，肉紧而鲜味浓郁。螃蟹大而壮实，蟹黄厚而不腻，蟹膏肥而不油，仔细咂摸还有那湖水滋养下的特有清香。虎头鲨更是不可多得的鱼类，在水质不好的环境下无法生长，还有那粗而黄的泥鳅更是难得一见。在城里再名贵的饭店也很难有这样的菜以及别致的处所。这是一种久违的相逢，这是一种唇齿留香的味道，这是一个畅谈同学之情、师生之情的好地方。回忆在这里碰撞，往事在这里交汇，未来在这里展望，情感之火在酒的助推下重燃。同学们手拉着手、肩搭着肩，谈笑风生、神采飞扬。不胜酒力的我也不知不觉地喝多了，脚底下打晃，感觉自己飘飘然起来。

差不多快十一点，这次小小的聚会才宣告结束。我本想再好好地在湖畔的堆堤上散散步，更仔细地体验体验这湖荡的湖风夜色。可惜太晚了，再加上我们还要乘车赶回去，于是只好作罢。如果再在机会，我一定要提前一两个小时过来，好好欣赏一下湖光水色，感受一下荡畔人家的乡情野趣，放松一下早已疲惫的身躯，让久违的记忆再一次点亮生活的梦想。

漆黑的夜色下，白马湖畔的渔火，似乎也在我们情绪的感染下跳动着、陶醉着、绽放着。

表哥生病

一天早晨，在新世纪广场锻炼时，远房的表哥告诉我亲表哥住院了，患的是胰腺癌。听此消息，我心头一惊，身体一向硬朗的表哥怎么说病就病了，而且得的是"癌中之王"。

走在路上、吃早饭时，我都在想这件事，关于表哥、表嫂一些往事像电影一样在我的头脑里一幕幕播放着，心潮难平，各种滋味涌上心头。吃过早饭，我对妻子说，想去看看表哥，妻子说她要加班，不能陪我去，以后有空再陪我去看他。我说也好，但我无论如何要先去看他。在这小城里，表哥难得有个亲戚，生这么重的病居然没看他，表哥会怪我的。即使表哥不怪我，我在心里也说不过去。

坐在三轮车上，我觉得奇怪，表哥进城看病，咋不告诉我？现在看病没个熟人咋行？他们知道我医院里肯定有熟悉的医生，是不是好长时间不交往生疏了？是不是哥与表哥之间有什么不愉快？平时回家时，哥曾在我面前流露出对表哥的不满。我一路就这么胡思乱想着。

到了医院，经过打听才找到表哥住的病房。站在门口，就听到病房里说说笑笑的，显得热闹非常，全然不像一个病房。表哥在打着点滴，见我来了，忙在床上欠了欠身子，算是打了招呼。表嫂急忙给我找张凳子让我坐下，我说不累，就站着。呵呵，虽说是表哥，可岁数只比我父亲小一岁，他是有曾孙子的人了。来病房看望他的，有儿子、孙子、孙女及孙女刚满月的孩子，看他们一家人的表情，表哥根本不像病重的样子。尤其是表嫂，一脸的轻松，她说我胖了点，长时间没见了，"哎呀呀，一直变老老，还是那个样子，到底是城里人，风不吹雨不淋的，是庄稼人比不得的。"她几乎是一刻不停地扯着家常话。我估计表哥肯定不知道自己得了绝症，虽说表哥气色难看，但一脸的平静、放松，神情也不凝重，看不出有任何心事。表哥一向乐观，甚至有点幽默。有年外出打工，到年底时工头突然跑了，一分钱也没拿到。春节了怎么办？他编了一个顺口溜作为信寄了回来，其中有这样几句：新时代，新国家，今年无钱寄回家；你办事，我放心，家中火烛要小心，明年把你带到南京长江大桥上散散心。这几句几乎成了那小水村的民歌，大人、小孩见到表哥时都会唱着逗他玩。表哥也半嗔半喜，乐得人家这样打趣自己。小水村里，表哥人缘极好。大人、小孩都喜欢这老顽童。

坐在表哥床边，我说要在这儿好好看病，没事的，很快就会好的，别在这儿瞎操心。表嫂说，"能不操心吗？整天嚷着回家治虫。一辈没苦够？真是苦命。"一提起苦命，我的眼睛湿润了起来。是啊，表哥几岁就没了母亲，有个父亲也是如同没有，整年在外闯荡，新中国成立后落得个土匪的下场。其实，他既没偷过、抢过，更没有命案，只是跟在本村大地主林某人后面扛旗打伞。后来林某人被定性为现行反革命，表哥非但没享过他福，反而遭他牵连。幸好村子里姓邱的人多，舅舅也姓邱，再加上舅舅会编草鞋，而且编得非常结实好看，村干部是喜欢穿草鞋的，所以挨批的时候并不多。记得小时候，在母亲的指使下，我背着父亲买过猪肉，再将母亲做成的肉圆偷偷地送给舅舅。母亲叫我做这事，是因为我年纪小，目标不大，不大容易引起别人的注意。没过几年，舅舅就在贫病交加中去世了。在我上大学时，我记得表哥住的房子还"丁"头嘴房子，直到我工作时才住上了两间平房。哎，不想了，想起这些就心疼，我强忍住眼中的泪水。临走时，我给了表哥二百块钱，表哥说你能来看看就很高兴了，还叫你花钱。我没事的，能吃能行，现在我还能吃碗拌饭。表嫂插话说，"到医院来之前还把田地里的稻子治了一次虫。真是劳碌的命，辛苦的命，命中注定的。唉！"

走出病房时，表嫂执意要送送我，到住院大楼的电梯门口时，表嫂说他还不知道自己的病情呢，已经是晚期了，华佗再世也没办法，现在能做的就让他想吃什么就吃什么。我心情沉重地点了点头。表嫂头发已全部花白，记忆中风华正茂、有说有笑的表嫂成了老奶奶。唉，岁月无情啊，这是没办法的事。就在我们谈话的当儿，表哥一手将药瓶举得高高的，一边说，我没事的，过两天就回去了。我则大声地说那就好，等几天，我们再来看你。他摆了摆手，"你们也忙，别来，看过就行了。"其实，我把声音提高点是想盖住表嫂的话，害怕表哥过早知道真相，加重他的病情。

离开医院时，我怪哥的无情，表哥得这么重的病，怎么就没抽空到医院来看望？就是再忙也得来看看啊！他可是我唯一舅舅的唯一儿子，是我们的亲表哥。回家后，我立即打电话给哥，哥说他知道了，生意忙没时间看他，等他回家后再去看他。在我的记忆中，表哥、表嫂对我们家的帮助是很大的，尽管父亲说表哥、表嫂的婚姻都是我们家帮他们操办的，不是我们家给他们的俩斗米、两个凳子、一张桌子，他们是结不成婚的。唉，那是过去的事了，更何况表哥也没别的亲人，父母帮助他也是应该的。不论怎么说，母亲是残障人士，我家无论有什么事，表哥、表嫂他们都会来帮忙的。尤其每年过年过节时，表哥和表嫂会主动到我家来。他们的到来，尤其是表嫂，会给我们家带来许多笑声。表嫂挺能干的，帮我们烧杀猪水、打扫院落、洗被、洗棉袄等，但我们家也会送给他们一些东西，比如：几斤猪肉、猪油，或者是别的什么，凡正很少让他们在帮忙之后空手而归。

一个星期后，妻子说晚上正好没事，去看看你表哥。我说说不定他们已经回去了。妻子说去看看吧。凡正晚上没事，只当锻炼的。于是，我带着妻子再一次找到那个病房的那张病床，可病房里已经没了他们的身影，病床上也已经睡着他人。我看了几眼，努力搜寻着记忆，是不是找错房间了？在确定没记错时，我的心中顿时空荡荡的。站一旁的护士也告诉我，他们花完一万多块钱就出院了，那病没法治。

后来，父亲进城检查身体时，我又一次提起了表哥生病的事。父亲说，"你哥、嫂去看过他们了，是我动员他们去的。"哥与表哥之间到底有什么隔阂，我并不十分清楚。父亲说，"是有点小矛盾，并不是生意上的事，是借钱的事。"在镇上，哥和表姐做同样生意——卖各种干货，这样一来，他们之间的竞争是避免不了的，有了竞争自然就会有点小矛盾。表哥偶尔到镇上买干货，自然先到妹妹那儿买，人家毕竟是亲兄妹。后来，表姐年纪也大了，生意不做了，哥与表姐之间的矛盾渐渐化解。据父亲说，哥对表哥到表姐家买干货也表示理解，他们之间的矛盾可能是借钱的事。有一次，表哥的儿子要买大铁船，向哥借两万块钱，哥说刚到镇上做生意，手中并不宽裕，也就婉言拒绝了，表哥表示理解，表嫂从此就耿耿于怀。再加上表嫂会做菜，村里人家操办红白喜事时，大多请她掌勺，她上街买菜时全部到别人家买，哥非常不悦，这不是让人家看笑话吗？连家里亲戚都不来买哥的干货。无论怎么说，哥和嫂能去看望一下表哥，也算是化解了他们之间小小的矛盾和隔阂。对此，我感到非常欣慰。

父亲最后叹口气说，唉，表哥身体不行了，怕吃不到新稻米。在父亲他们这老一辈人的眼里，吃到新稻米就是天底下最最幸福的事。所以他们永远把它当作一个幸福生活的标准，一个充满希望的目标。但愿一向开朗的表哥能创造生命的奇迹，一次又一次地吃到他自己亲手收种的新稻米。

急诊

　　妻子从床上挪到沙发，再从沙发弓着背弯着腰爬到床上，如此三番五次，但怀里始终抱紧一个枕头，试图用它减轻自己的疼痛。此时，她已经累得额头上散布着细密的汗珠，脸色蜡黄，一脸痛苦。妻子的胆总管结石又一次复发。

　　我走到她身边，关心地问，"很疼吗？"她紧锁眉头，病恹恹地说，"有点疼。"妻子是个不喜欢夸大其词的人，她所说的有点疼，肯定是很疼。我又一次劝她赶紧到医院急诊科去。如果到深更半夜疼得受不了咋办？现在才八点多，到医院找医生要容易些。这一次，妻子并没有拒绝，而是点了点头。于是，我先打电话叫来了三轮车夫老王，后又打电话给在医院做领导的朋友。熟人好办事，已经成为大家的共识。

　　到了医院大门口，妻子几乎是在我的搀扶下走下三轮车的。我说你坚持着，马上打点滴应该就好些了。到了急诊室，穿白大褂的男医生周围站着好几个人，七嘴八舌地议论着什么。我径直朝医生走去，医生，我老婆疼得很厉害，请您开个处方给她打点滴。不知是我的声音不够响亮还是周围太吵，他并没有搭理我，只是认真地为别的病人写着处方。于是，我只好拨通医院朋友的电话，朋友叫我把手机给那位医生。随后，我分开人群走到医生面前，将手机递给他说，是你们领导的电话。

他看了看我，犹豫一下，但还是从我手中接过手机。通完电话，这位医生的态度好了许多，客气地说，"你先去挂号，然后我再帮你认真瞧瞧。"我点了点头退了出来，随后又把妻子安顿在急诊室的椅子上，便急匆匆地挂号去了。

挂好号后，我又再次来到急诊室。值班医生问，你老婆上午打过点滴了，我点了点头，用的是什么药水，我摇了摇头，因为着急，竟然忘记带来病历。值班医生无奈地摇了摇头，说我也没招了，只有找专科医生。于是，他打了一个电话让我去找正在住院部值班的叶主任。我在外科楼302室找到了叶主任，叶主任在询问我妻子生病以及上午用药等相关情况后，迅速在一小片白纸上写好处方，我拿着处方说着感谢之类的话走开了。

下了楼，我又大步流星地赶到急诊室，将叶主任随手写好的处方交给那位值班医生，值班医生又照着叶主任的处方重新抄写一遍。随后，我便快步去付钱拿药，可药房里的医生说，你得先去做皮试，再来拿药，如果头孢过敏还得重新调药。没办法，我又只得带着妻子来到护士室。护士室里只有一位护士，她正在专心致志地兑药水，她动作麻利，不一会儿就兑好一大堆药水。这时候，妻子将小膀子伸进窗口，护士进行了皮试，妻子紧皱着眉头，努力地将目光移往别处。护士说二十五分钟后，如果没什么不良反应就去拿药。

二十五分钟，仿佛是一个世纪，很漫长。我不时地惯性地将手机掏出来瞧瞧。二十五分钟终于过去了，没什么不良反应，头孢可以用。在我急匆匆地到药房领来药水后，有一个在我后面的人已经抢先一步站在窗口。来者都是急诊，没法和人家协商，我叹了一口气，掉头见妻子一脸痛苦地瘫坐在走廊的椅子上。

我便悄悄地推开门走进去，靠在护士耳边说，"你们领导让我来找你的。"她说，"没办法，人家在你前面先来的，更何况就我一个人，实在腾不出第三只手来。"她这样一说，我反而不好意思起来，只好悄悄地带上门退了出去。眼看那个人的药水兑好了，可是这时候偏偏又来了一帮警察，他们带进一位有酒驾嫌疑的男子，好像还有点推推搡搡的，场面立马变得乱糟糟的。警察让护士帮这男子抽血化验，他却死活不肯配合。我只好待在一旁看热闹。折腾许久，才把血抽完。有酒驾嫌疑的男子哭丧着脸说，"没得了，你们这样做，我的脸往哪里搁？妻子会和我离婚的。"站在一旁的警察大声说，"早知今日何必当初？"待警察们将酒驾男子带走，护士室才又一次平静下来，护士这才有时间帮我兑起药水。呵呵，还真巧，妻子这时也不怎么疼了。没过几分钟，护士就将药水兑好了，我从护士手中接过兑好的药水。护士说，你们在输液室等一下，我马上就过来。今天就我一个人值班，实在忙不过来，请理解。没两分钟的工夫，护士真的过来了，她麻利地将针头扎进妻子右边小膀子的筋脉里，药水终于不紧不慢地输进妻子的体内。见妻子眉头逐渐舒展开来，我这才松了一口气。

　　这时，门外突然骚动起来，几乎是同时传来了急切的脚步声。我走出去一瞧，只见担架床上躺着一个血淋淋的男人。站在我身旁的妇女说她有点晕血，见不得血，随即躲开了。我虽不晕血，但也见不得如此血腥的场面。我将目光从血人身上移开，并走近另一群人，听听他们的谈论。从他们谈论中得知，这个男的和一起出来打工的年轻男子喝酒时，一言不合竟打起来，对方打不过他，于是趁他不备，开来了摩托车猛地撞向他——了解了事情的大概，我摇了摇头，心中十分感慨。这是自己造的孽，怪不得任何人。

我退回输液室，关上了门，妻子脸色蜡黄而苍白。她问，"外面怎么了？"我把刚才的所见所闻不厌其烦地向她叙述了一遍，还发了几句感慨。那个排在我前面兑药水的男子就坐在我对面，他关心地问，"你老婆怎么了？"我说，"她是胆总管结石复发。"于是，我们便有一搭没一搭地聊了起来。他是带妹妹来急诊的，他的妹妹长得瘦而清秀，旁边也坐着一位大男孩，看样子，应该是女孩子的男朋友。他妹妹喜欢吃麻辣烫，这次，她刚刚吃过麻辣烫又吃冰淇淋，肠胃疼得受不了，就过来急诊。"哎呀呀，人啊，就是管不住嘴，我也是啊，"他突然兴致勃勃地侃起来，"我有肾结石呢，肾结石疼起来真的非常可怕，痛得会上蹿下跳，恨不得立即将肾扯下来。但是一旦不疼了，就又大吃大喝起来。唉，谁不嘴馋呢？大人、小孩子都如此。"

　　坐在对面的戴一副大眼镜的瘦弱小女孩一直在一边做作业，一边打点滴。据了解，她是某中学学生。见她那么瘦弱，大家就你一言他一语地说她要加强营养，坐在地旁边的是她母亲，她母亲说她不喜欢吃肉，连鸡腿都不吃。许多时候，属于她自己那一只鸡腿都揿到别的同学碗里。就在我们七嘴八舌头时，坐在靠近门边的一位年轻妇女，突然说自己浑身发痒，脸上火辣辣的，只见她脸涨得通红，于是大家都替她紧张起来。不一会儿，医生和护士都赶到了。经过询问，医生确定她轻微过敏。医生不敢大意，立即拔掉针头，护士帮她输入生理盐水进行排毒。过了好一阵子，她身上、脸上的红疙瘩才终于退去，输液室里的紧张气氛才缓和下来。哪知这时候，她哭了起来。听到哭声，护士又从护士室里赶了过来，劝道，"现在没事了，别哭，换别的消炎药效果也一样的，以后注意用药就行了，皮试没问题并不代表打点滴没问题。"

　　时间不知不觉地过去了，妻子输完了一大瓶，还剩一小瓶。我急急忙忙地从护士室里喊来了护士。这时，已经是夜里十点半了，十一点半之前肯定能结束，医院的大门口还应该有三轮车。如果等到深夜，连三轮车都没有了，我该如何把有气无力的妻子带回家？

唉，这个小城除了车三轮就是三轮车，有时一条道上排满一眼见不到头的三轮车，很少见到的士。平时见到三轮车就腻了，哪知需要它时，它却出奇地珍贵。

童年趣事

一、阅读

回想小时候的阅读经历，似乎有，又似乎没有。应该说，算得上真正意义上的阅读的，几乎没有。

与儿时小伙伴们比起来，我还算是幸运的，家里有一两本藏书，那是我父亲上速成师范时读的课本。大约在我五年级，我从堂屋里的台柜上一个存放《毛泽东选集》的红漆盒子里找到它们，上面的"女娲补天"和"夸父逐日"等故事给我的印象颇为深刻，对于其他我则没有什么印象。这本书后来被我带到学校，并因在语文课上偷看几眼，遭同学举报，被老师没收了。可恨的是老师没收之后，再也没有还给我。这大概算是我童年时代最大的损失。对此，我始终耿耿于怀。

还有一本好像是一位我经常帮他做数学作业的同学借给我的，是一本民间故事，上面有"夜明珠"和"海螺姑娘"等故事。读完之后，真是比吃肉还舒服、还美好，真有一种"宁可食无肉，不能居无竹"的感觉，胸中涨满着善良和美好，内心深处有一种说不出的、隐隐约约的希望和憧憬。此后，我如饥似渴地找过类似民间故事之类的书，可惜毫无收获。

除此之外，还有就是小人书，比如《地道战》《地雷战》等，即使像这样的小人书，我们家也很少有。因为想从穷怕的父母那儿要到几毛钱去买书，几乎是难于上青天。一次，哥在新华书店帮我买了一本小人书，并不是我喜欢的那种，但好歹有本小人书看了，我将它从头到尾翻好几遍，几乎烂熟于心。讲的是几位英雄少年手拉手把特务剪断的电线用自己身体连通起来的故事，我看那微笑而坚定的神情，那昂首挺胸的大义凛然，那气吞山河的浩然正气，当时就想他们是不会死的，也不应该死，多好的一群少年啊。可在我掌握了一些电学知识后，才知道他们都光荣献身。为此，我悲伤不已，叹息再三。这一幕情景一直刻在我的脑海里，至今还记忆犹新。每当我想到这一帮少年，心中就五味杂陈。我最幼稚的想法就是，他们真的就不怕疼，不怕死吗？换成我，我真的会很怕很怕的。可当我头脑中冒出这样的想法时，又非常心虚，瞧不起自己起来。

还有一本书，叫《少女之心》。这本书是我班一位女同学的，她父亲是县里一单位领导，我曾多次悄悄地向她借过，可惜她坚决不借。后来，趁教室里没人，将她的书包来个底朝天，也没能找到。这个女同学比我大好几岁，长得也算水灵，岁数大一些的男同学知道她藏有这本书，时常用异样的目光打量她。没多久，她转到外地上学去了，据说，是随父亲进了城。再后来，几乎没和她见过面。

当时，这本书算是禁书，我并没有读过，但通过别的男同学那儿探听到其中一些情节，因此渴望了许久，遐想了许久，年少的身体里似乎藏着一个什么见不得人的东西在胡蹦乱跳，时常让人脸红耳热。写的主要内容是男女之间的情事和性事，大家都认为它很黄、很肮脏，甚至很暴力，是一棵彻头彻尾的"大毒草"。然而就是这本书，不仅同学们喜欢，老师们也爱不释手。据说，这本书被学校里某位女老师拿走了，同学们之间都疯传着老师也如获至宝，一直将它放在床头甚至席子底下，偷偷去读书本上一些低级趣味的东西。

有人说，一个人的精神成长史就是他的阅读史。对照这句话，我觉得自己完全是一个发育不良的人。因此，我至今仍努力地抓紧时间多阅读一些有用的书籍，以弥补先天不足。

二、练字

小时候的梦想挺多，把字写好就是其中一个。

与我家隔一户人家有位老先生，他的字写得非常出色，一撇一捺都见功力。每逢春节，常常有人把裁剪好的红纸拿到他家去请他写对联。我时常打量着他写好的对联，心中充满了羡慕和嫉妒，哪天我也能把字写得这么好，收获一些羡慕的目光该多开心啊！

与我家隔七八户人家有兄弟两个，字写得都非常漂亮，虽然没有那位老先生的功底，却也显得飘逸秀气。偶尔我去他们家玩耍，见他们家有废报纸练字，真是羡慕、嫉妒、恨。大概因为他的父亲是木匠的缘故，经常到村干部家打家具，很容易拿到大队干部家里的一些旧报纸。报纸这个物什，现在看来再寻常不过。可在当时，绝不是一般人家所能拥有的，大多是大队干部家有，至少是生产队长家才会有。像我们这样地地道道的农民家庭，报纸几乎成了奢侈品，只有在过年的时候父母会从大队部通讯员那儿索要几张回来，然后用糨糊小心翼翼地糊在墙上，算是一种装饰，给春节增添一些喜庆。

上四五年级的时候，学校里似乎也发过一本大字本、一支毛笔、一瓶墨汁，印象中好像还有描红本，偶尔还上写字课，但那些课算不上真正的课，大多是应付一下而已。写字课上，我是非常认真的，每节课我都非常认真地练字，没个把月毛笔便秃了，墨水也没有了。练字课上皮闹自然是少不了的，我在你脸上画一个胡子，你在我手上画一个手表，然后嘻嘻哈哈到河边洗手、洗笔，到了河边又是一通水战：你朝我泼水，我朝你泼水——可惜的是，在我们学校里，就是一些老师也把字写得歪歪扭扭的，甚至像蚂蚁爬一般，全然不像出自一个老师的手。说他们是老师，只是因为他们能站在课堂上，能认识几个字，说穿了，他们仅仅能识几个字，把他们选去做老师，现在想来，真是误人子弟。

小时候，我的记忆力很好，许多时候，背课文或者乘法口诀什么的，大多是全班第一，出手的字也不错，时常得到老师的好评。更重要的是我对练字非常感兴趣，许多时候我没有像模像样的毛笔，也没有太多的墨汁，更没有人家那种充满墨香的报纸，可我对写好字的欲望却一天比一天强烈。没有毛笔，我就用小刀把蒲棒削尖做毛笔；没有墨水，我就把河水倒进仅剩一点点墨水的瓶子里去稀释。尽管时间一长，就会发出臭味，但我总算有了练字用的所谓的墨水。

后来有一次走亲戚，看到人家在大方块砖上练字（据说，这大方块砖头是小时候农家砌屋时放在门头上面的），我好生羡慕，恨不得把那块大方砖偷回去，这大概是我小时候第一次萌生出要偷人家东西的念头。当我有这种想法时，见到人家就脸红心跳，手足无措，遗憾的是最终没有得手。很庆幸，我从一个砖窑旁总算捡到一块，就这件事几乎让我喜滋滋了好些日子。我背着父母用其他的碎砖块蘸着水在上面摩擦，最终把这块砖头的表面磨得很光滑。我终于能有天天练字的地方，而且可以随心所欲地练。练字的材料到处都可以找到，笔可以用树枝、青草或者蒲棒头等，墨水就是到处都有的河水。然而，好景不长，因为练字影响了编织蒲包的速度和数量，常常完不成父母布置给我的任务，父亲非常残忍地将这块我如获至宝的砖头扔到头溪河的最中央——父亲是撑着船扔到那个地方去的。大概父亲知道我水性虽好，却无法到达水那么深的地方将这块砖头捞起来。从此，我也时常朝着头溪河的中央发呆甚至流泪。

说实话，许多时候，我痛恨那个时代，贫穷扼杀了我爱好的萌芽，学校刻板的教育扼杀了我的纯真和个性。对此，我又能做一些什么呢？仰天长叹，心中涌起无限酸楚和茫然。

三、打架

在我们那个小小的村落里，吵架几乎成了家常便饭。即使像我这样很乖、成绩又好的孩子，头脑中也充满暴力。

村子里只要有人家吵闹打架，就会吸引无数人前去围观：有前去劝架的，有火上浇油的，大多数只是图个热闹，把它当戏看。其实，许多事情现在想起来多为鸡毛蒜皮的小事，有的不必要计较，有的可以坐下来很好地商量。可惜，那个年代人大多失去了耐心，渴望用暴力解决一切问题，潜意识里崇拜暴力，迷信暴力，讲理成了可有可无的装饰，成了可以省略的环节。一个权力至上、暴力至上的社会，有说理的地方吗？

这就是我的家乡吗？这就是淳朴的乡亲吗？这就是生我养我的一方水土吗？吵架像瘟疫一样到处蔓延，也传到我们这些小毛孩身上。印象最深的就是与隔壁邻居家小伙伴打架，那一次我们完全是被一帮无聊的大人捉去当猴玩的。他比我大一岁，当时我可能只有四五岁，两个人被他们塞进桌肚里，然后进行摔跤。我小他一岁，在力量上明显处于劣势，最终我的头被撞出个血包。母亲听说后连忙赶来，到现场时很是生气，满脸怒气地一把将我拽了回去，于是那一帮大人才收敛起笑容面面相觑地各自散去。从此以后，我与隔壁邻居家小伙伴几乎没打过架。

上小学后，打架更是必修课。在学校里打，走在路上也打，放学路上言语不合同样会挥拳相向。同龄人当中，在力气方面我是占优势的。记得和我坐同一张桌子的小伙伴，他与我同龄，都属蛇，贪玩，头脑也笨，但他家经济条件比我们家好多了，因为他家有条大木船搞运输，他父母经常会给他零花钱。于是，他时常买些麻花、水果糖、爆米花等请客拉拢一帮人。他想请我帮他做作业时，就时常送些东西给我吃；不需要我做作业时，就对我非常冷漠，甚至当着我的面和他堂哥津津有味地吃着东西，故意让我馋涎欲滴。因为他不是我对手，我常常因为他所谓的恩将仇报记恨于心，趁老师不在，或者在放学路上，便寻机报仇，将他摁倒在地使命地给他两个巴掌，然后溜之大吉。他在我的眼中就是那王连举，一个十足的叛徒，与我的关系时好时坏，与他堂哥的关系也是这样。他堂哥比我大两岁，属兔，村里人都叫他小兔子。他堂哥家屋后是我上学的必经之地，有一次他在学校吃了我的亏，那天早晨他们兄弟两个早已守候在那里，将我逮个正着。没办法，我无法逃脱，只得直面对手，于是将身上的书包迅速朝地上一放，冲上去先将他堂哥摔倒，接着又一把将他拖过来摞在他堂哥身上，随后就是一顿猛揍，并且告诫他们如果胆敢再这样，我会再次狠狠地教训他们。路过的大人见状都纷纷向我竖起大拇指。从那以后，他们再也不敢伏击我了。

不久，他姐与我们生产队的云飞订了婚，这样一来，云飞便是他姐夫，他又多了一个靠山和帮手。云飞属虎，比我大三岁。年幼的时候，三岁的悬殊，力量上基本就很难匹敌。所以有一段时间，我经常吃亏，挨过他们不少拳头，我几乎没有任何帮手，其主要原因是我母亲脾气太坏，人缘又不是太好，所以没有多少小伙伴和我玩得密切。有一次，我与云飞单挑，又一次吃了败仗，于是我怀恨在心，用芦苇管将他家屋后的葫芦逐个捅一个洞。他母亲暴跳如雷，恨得咬牙切齿，于是决定用刀剁砧板进行骂街，整整骂了半天，从他家屋后一直骂到我家屋后。这大概算是农村里最恶毒的骂街了，骂得我悔恨交加，但无论母亲怎么责问我，我都坚决否认。我深知，一旦承认便是一顿我无法承受的皮肉之苦。

二年级下学期，我被"发配"到溪西小学，与我一起被"发配"的，也包括他、他堂哥以及隔壁的小伙伴。溪西小学虽说也在同一个村子内，但与我家隔着一条很宽的河，如果要上学去，必须经过那一座又老又破的大木桥。晴好天气还好，如果遇到连天阴雨，想通过那座桥，对我们这些小孩子来说，简直就是闯鬼门关。到现在我也不清楚，学校为什么非得将我们撵到河那边去上学，是因为我们非常调皮顽劣，还是对我们的父母抱有成见？这一切都不得而知。现在想起来，我仍耿耿于怀，觉得学校领导过于冷血而残酷，一点人性都没有，怎么想出这样的方法来惩罚我们这帮小孩子？真缺德。

到了新学校，我当上副班长，掌管班级钥匙，他与我关系又好了起来。时间不长，不知道什么原因，他又勾结别的同学，与我干一仗，从此结怨更深。无论在什么地方，只要是他一个人在场，我总会悄悄地用拳头教训他。这样，他便再次向他所谓的姐夫求救。教室的黑板上时常出现"三天小扫荡五天大扫荡"充满暴力的语言（我知道这是他故意写在黑板上的），弄得我整天惶恐不安。这样的词汇当然是从电影上学来的，小时候看的电影大多是战争片，比如《地雷战》、《地道战》、《南征北战》、《平原枪声》等。当然，在他们"扫荡"的时候，我并不是一直被动挨打，也会进行"反扫荡"。我也想方设法拉拢力气大的同学，帮两个比我大四五岁的同学做作业，然后请他们出手相助。几次"扫荡"和"反扫荡"较量下来，他们并没有占到多少便宜。这样一来，我上学的日子才最终平静下来。

　　虽与他们有矛盾，但也有联合。我家屋后有条涧河，涧河以南是我们第七生产队，涧河以北是第六生产队。他们那边的小伙伴大多逞强好斗，经常跑到我们河南来挑衅滋事。于是，我们生产队有个岁数比我大四五岁的大孩子将我们召集起来，商讨对策。

　　这样的情况通常是在晚上进行，尤其是月黑风高的时候，他们会偷偷地从小木桥上溜过来，对我们出其不意地偷袭，常常打得我们措手不及。这样的计谋可能也是从电影上学来，那部电影应该是《奇袭白虎团》。面对他们的挑衅，我们也想出了对策。先对桥进行封锁，在他们过桥时，把放在树梢上的"炸药包"拉响，朝他们头上洒去一堆碎泥。然后再在桥头挖一个大坑，里面放着稀泥，上面铺着干草，这也就是所谓的"地雷"了。这两种方法仍然阻挡不了他们的进攻时，就只好一起冲上去扭打在一起。这时候，"将领"对"将领"，"喽啰兵"对"喽啰兵"，打到哪方求饶才会收场。月黑风高的夜晚，有时候的"打仗"真是莫名其妙，只要对方有一个孩子叫喊说，我的头被河南的孩子砸了，不一会儿，河北的孩子就迅速集中起来，用各种各样泥块、砖块、碎瓦片向我们这边砸来。当然，我们也不甘示弱，坚决应对。我们迅速调集人马，埋伏在屋后的草堆上，力气大的站在草堆上向河北扔泥块，力气小的就在后方搬运泥块，做好后勤服务工作。有一次，我刚刚朝河北扔了两个泥块，突然眼前火球一闪，眼睛似乎"中弹"了。我吓坏了，用手摸了又摸自己的眼睛，幸好没有流血。泥块砸中了我的眉骨，眉骨处立即肿了起来。我想从草堆上撤退下去，哪知我们的"将领"说，"真是胆小鬼，轻伤不下火线才是英雄。"

　　现在想想，许多孩子的做法都是模仿刚刚看过的电影，甚至许多台词。即使现在，仔细看一下自己的眉骨，中间仍有一个小小的凹痕，疼痛早已没有了，但印记还在，想抹也抹不掉。

四、儿时的赌

一年四季，冬季是赌最盛行的季节，尤其是冰雪覆盖田野的时候，人们有更多的时间去开展"业余活动"。

像我这么大一点的孩子也是。平日里，我们得没日没夜地编织蒲包，等我们编到足够数量后，父母才把它们五十只一捆地捆起来，送到当地农采站去卖。如果能卖到个好价钱，我们春节的新衣服也就有了着落。

进入腊月门，我们就数着日子盼新年。到腊月二十六，像我这样大的孩子几乎就不用编织蒲包。如果继续编织，大多数情况下会得到丰厚的奖赏。但这些诱惑对我来说几乎起不了什么作用，我只需要稍微努力一下，多编几只蒲包，得到够砸钱的本钱，就高兴得手舞足蹈，在屋后的小路上高喊："解放了，自由啦！"此时，天空是蔚蓝的，大地是温暖的，心情是轻松的。我真像长着一对翅膀的自由小鸟。随时随地似乎可以从地上自由地飞翔起来。

玩一次小小的赌博大概是我小时候最开心的事情之一。赌具非常简单，拥有一块脆生生的砖块就足够了。无论是青色的还是红色的，只要它没有浸透过水，砸钱的铜板扔上去都会蹦得老高。场地也非常随意，农家的院落里、走廊里，甚至屋子与屋子之间窄窄的巷道里都是我们玩砸钱的好地方。

我们呼朋唤友，聚上几个小伙伴，选好一块场地，然后把砖块放平整，再用步子跨上个十来步，用粉笔画道线（实在找不到粉笔就用树枝在泥地上使劲地划出道痕迹），随后我们从口袋里掏出硬币押在上面。等这些停当后，几个小伙伴一哄而上朝画线的地方扔铜板，谁的铜板最靠近画好的线谁就是头家，也就是第一个站在线上朝砖头上扔铜板的人。如果实在难分佰仲，就用猜拳的方式决定谁是头家。如果头家准线好运气也好，铜板直接爬到砖头上或者戗在砖块旁，那上面的钱全部归他所有。倘若没有，其他人则按自己的铜板离线的远近朝头家铜板上砸，谁砸中了谁就可以获得砖块上所有的钱。

当然，你不朝头家的铜板砸也行，如果你的铜板也能爬上砖块或者戗在砖块旁，一样可以获得砖块上面所有的钱。如果大家都没有这样，那么就可以挨次将铜板从自己的眉骨处或者胸口前，对准砖块上的钱轻轻地砸，谁能把钱砸下，砸下来的钱自然就归谁。虽然赌额非常小，但诱惑力极大，常常让我们乐此不疲、废寝忘食。

有时候，到吃午饭时间了，父母还找不到我，就会派哥到处寻我。因为哥也喜欢玩砸钱，他知道我们会躲在什么地方玩这种游戏。所以这个时候，哥就是父母的帮凶。有时候，我们再三地换地方，最终还是被哥逮个正着。常常就在我全身心玩砸钱的时候，他突然赶到，二话不说，就一把就揪紧我的耳朵往家走。这时候，我也会反抗，但他比我整整大八岁，许多时候挣扎是徒劳的，更何况他是"正义之师"，是带着父母令牌来的，我不得不踮起脚尖用双手护着耳朵随他回家。偶尔我也会使坏，流着眼泪在父母面前告他恶状，说他打我的头，父母最不能容忍的就是有人打我的头。

除了这种砸铜板的游戏外，还有就是滚五七寸。这种游戏也很简单，道具就是一块砖头加一个小板凳，一群人中，看谁愿意做庄主，正常情况下做庄主的人要有足够的资本，否则是不行的。如果人多了，那就得猜拳或者抓阄决定庄主。说实话，我从没做过庄主，既没有那么多的资本，也没那胆量。庄主手握五寸，旁家手握七寸。这五七寸，都用尺事先量好了，是用蒲棒做成的。如果庄主将铜钱滚到你放钱的五寸范围，他就会将你的钱撸走；如果没达到，但在七寸范围，他就得赔你放在地上的同等数字的钱。通常情况下，我只做个旁家，偶尔赢上一角、二角就欢天喜地地跑走了。许多时候，我们村子里有个不太学好、嗜赌如命的大人会带着我们一帮孩子玩。这样的游戏是有风险的，如果被父母碰见，轻则一通骂，重则一顿打，所以许多次，都是背着他们进行的。

好赌大概是人的天性。就是现在，我对赌还是有兴趣的，只不过，我不喜欢与抽烟的人赌，不喜欢熬夜去赌，不喜欢与性情不投的去赌。种种限制，我几乎没有什么可赌的了，更没什么像样的赌友。许多年来，赌瘾也渐渐地淡去。

五、养鸟

养只粗通人性的小鸟是我童年时代最美的幻想。可惜，我养了许多只，下场都很凄惨。至今想起来，还心痛不已。

养得最多的就数麻雀了。小时候，无论是村庄里还是学校里甚至大队部，几乎都是草屋子。麻雀非常喜欢在草屋子上筑巢做窝繁衍，即使是砖瓦房，麻雀一样会在瓦与屋面的缝隙间筑巢。所以掏麻雀窝是我们小时候特别快乐的事情，同时，我们也会掏到许多麻雀，尤其是晚上，常常会将麻雀一家子一网打尽。如果掏太多了，就被大人拿去做成一道美味可口的菜给我们解馋。

一年难得吃几次猪肉的我们如果能吃到麻雀肉，也是一件非常满足而开心的事。更多的时候我们是把小麻雀拿回家养着玩。我们会用小麦茎编成草笼子，然后把麻雀放在里面，没事的时候拎出去玩玩，甚至在小伙伴面前炫耀一下。可是最犯愁的就是喂食，要整天到菜地里去捉到足够的虫子。捉虫子可是件脏活，但一想到那可爱的小麻雀也就不觉得脏和累了。小麻雀特别爱吃青虫子，但能找到这样虫子的机会并不是很多，再加上父母给我规定的编蒲包任务，所以小麻雀常常是饿着肚子的。能成功地养好一只麻雀在我的记忆中似乎没有，在我们的村子里也没有谁创造出这样的奇迹，常常是养了几天就会死去。给小麻雀喂食时，它还能很好地配合。如果是只老麻雀，它绝对不会配合你。它首先不让你靠近它，甚至会用嘴啄你的手。我见它不仅不领情，反而视我为仇人，我常常会非常生气地打它几下，想让它屈服。然而经过多次较量，它始终都不会低下高傲的头颅，最终还是我败下阵来，收敛起我幼稚的想法。据说，麻雀是野性极强一种鸟，即使像鹰那样高贵的鸟也会被人驯服，可麻雀不会。它虽然没有鸿鹄之志，却有宁死不屈的野性。人类那种征服欲，那种骨子里的自大和藐视一切，在小小的麻雀面前真是不值一提。麻雀不会被人驯服，更不会成为人类的助手。

除了养麻雀外，我还会养灰喜鹊。我们那里人叫它"山蛮子"。村子里人称南方人为"蛮子"、北方人为"侉子"。因为南方人讲话和灰喜雀差不多，很难听懂。灰喜鹊可不像麻雀，它不会在屋子上筑巢，它通常选择在高大的日照较好的树上，偶尔也会在不高大的树上筑巢。当然，这样的鸟巢常常会遭到我们这样调皮的野孩子的洗劫。如果树的主人在家并且发现了我们，他们会拿着树棍子赶走我们，甚至对我们发出怒吼。我想许多大人做出这样的举动，有的是爱鸟，有的却不是，更多的是认为灰喜鹊甚至大喜鹊（黑白相间的那种鸟）能筑巢的地方一定是风水宝地。你将鸟儿的巢端了，是不是也破坏他家的风水？单单就这一点，他们是不会轻饶我们的。他们不仅会撵着我们打，甚至还会到我们父母面前告恶状。

小灰喜鹊喜欢吃桑树果子，我们就到处找村子里结果子的桑树。找到又红又大的桑葚时，我们会朝双手吐口吐液，再使劲搓搓手，然后一鼓作气地爬到树梢上，同时也会边摘边吃几颗解解馋。等摘足了果实，我们就会迅速溜下树，飞一般地跑回家喂它们。有时，不知小灰喜鹊是肚子不饿还是不愿意配合我们，就是不愿意张开嘴。此时，我们就用手使劲列开它们的嘴巴，然后硬生生地把桑树果子塞进去。也不知是我们没有精心照料好，还是根本无法驯养灰喜鹊，总之，我没能成功地养过一只，更别幻想它长大了飞到天空玩一圈，然后再回来找我玩耍一番。就像我家养的鸡、鸭、鹅甚至听话的土狗一样。

印象特别深的也特别残酷的就是我趁父母不在家，将我家门前的香椿树上的白头翁鸟巢给一锅端了。我是用竹竿将鸟巢捅下的，就在我爬上树梢时，有几只鸟朝我飞来并啄我的头。其实，我并没有想置这些幼鸟于死地，只是喜欢它们，想把它们捉来玩耍，甚至抚养一下它们。父亲知道后，真真是动了怒，狠狠地揍了我一顿。我不得不一边流着眼泪，一边试图用竹竿将鸟巢和六只幼鸟再次送回到树梢，然而我的努力失败了。那么高的树梢，一般的竹竿难以顺利抵达，万般无奈，我只好将它们安置在一个低一点的树桠上，希望鸟儿的父母能再次细心地照顾它们。然而，仅仅过了一个夜晚，第二天清晨，我发现六只幼鸟都死了。父亲再一次把竹板打在我的屁股上，我除了感觉到肉体疼痛的同时，内心满是歉意和愧疚。庄子云："子非鱼，安知鱼之乐？"我们不是鸟，怎么会很好地揣摩鸟儿的心事和喜好？尤其是我们这样的野孩子，只是一味地把自己的一些想法和喜好强加在鸟的身上，其结果就可想而知了。

城里不少人家喜欢养鸟、玩鸟，尤其是八哥和鹦鹉，它们很能配合人们的喜好和兴趣。有的鸟不仅会说人话，还会背唐诗宋词，这样的鸟可是我小时候做梦都不想不到的。有时候，我也在想，鸟儿就是鸟儿，人就是人，是鸟非鸟，是人非人，这世界岂不乱了套？魔幻世界只能存在于虚拟世界里，如果哪一天真的成为现实，人类肯定吃不消，这个星球也一定吃不消。

写了一首小诗表达我的忧虑：鸟儿不好好地说鸟语 / 却专门学人话 / 学得有模有样 / 甚至字正腔圆 / 一段时间，我陶醉在这种骄傲里 / 有一天突然担心鸟儿会学会我的一切 / 甚至忧伤的心思和龌龊的念头 / 从此再也无法很好地飞翔

六、捉鱼

捉鱼是小时候一件非常快乐的事。我家靠近绿草荡，家前屋后到处是河流、沟渠、水塘，那时候没有什么污染，有水的地方都可能有鱼。

大人们捕鱼的方式很多，在我们那个地方最常见的有以下几种。用竹簖插在河里捕鱼捉蟹，用罾放在河中央对鱼来个守株待兔。深秋季节在河边或者鱼儿可能到达的地方插上木棍拦起来，然后再投进许多树枝和杂草，引诱鱼儿到这儿过冬取暖。待冬天真正来临时，用网或者篱笆将这一块水域围起来将它们一网打尽。在我们村庄的北面有个渔业大队，那儿都是些渔民，他们通常会用延绳钓的方法，就是在细长渔线绑上无数的钓钩，再绑上钓饵，然后逐一放入河中。过几个小时甚至半天时间，他们再逐一收取。当然，用墨鸭捕鱼是我们小孩子最喜欢的一种捕鱼场景了，它热闹、有趣、生动，叫人有一种说不出的喜悦。我时常幻想自己能拥有一两只，可惜这是不可能实现的梦想，父母是坚决不会答应的。现在想来，一是他们怕我会被淹死，二是只希望我多编织些蒲

包挣钱，不希望我把时间浪费在别的方面，甚至包括上学。

　　尽管父母对我很严厉，但我还是会偷偷地去捉鱼，用得最多的方法就是钓鱼。这种方法是最简单、最实用的了。钓鱼的地方多的是，只要有了钓鱼工具就可以了。当然，钓鱼的工具也非常简单：一根竹竿、一根鱼线、一个鱼钩。找不到竹竿，蒲杆也是可以的，在我们草荡地区到处都有。鱼线也不成问题，只是鱼钩费点事。在我们那个小水村，想买个像样的鱼钩是很难的，更何况我们是穷得叮当响的屁小孩呢。于是，我们打起母亲手中纳鞋、钩被用的铁针的主意，将针在灯火上烤，然后再用力将它育成鱼钩状。许多时候是趁母亲不在家，但一旦被发现，后果就可想而知了，常常会挨一顿揍。即使是这样，我们也会有得逞的时候。至于饵料，到处都是，只要找一个铁锹，在阴暗潮湿的地方就会挖出蚯蚓，这可是各种鱼喜欢吃的饵料。

　　当这一切停当后，我们就可以站在树荫下，或者小木船上垂钓起来。钓得最多就是翘嘴白鱼。这种鱼时常成群结队在水里游来游去，它们的身影几乎一览无余。而且它们吃食非常迅速果断，不像鲫鱼等磨磨蹭蹭的，让人费了许多心事。实在无鱼可钓时，也会钓一钓青蛙。通常，我是不吃青蛙的，因为它是益虫，只是将它们钓上来，然后再放走，并没有太多的恶意。偶尔也会去钓墨鱼，这种鱼极为凶猛，它常常对准饵料一跃而起，一口吞掉。但在母亲讲过母墨鱼的故事后，我就很少再去主动钓它。母亲说，有一个人钓到一个带一趟小鱼的母墨鱼，他将这母墨鱼带到河边宰杀时，那鱼突然从他手中挣脱逃走。第二天清晨，他发现河面上一条死的母墨鱼身旁围着一群小墨鱼。母亲突然满脸凝重地说，"那母墨鱼就像我，那小墨鱼就像你们这些孩子。"讲完这故事，母亲眼里含着泪，我们也跟着流了泪。

尽管我们家靠近草荡地区，鱼多且便宜，但父母很少买鱼回来，大多买点豆腐、百叶等。实在馋了，情愿多花点钱去买点猪肉，因为家里做的饭和粥几乎是定量的。如果吃鱼，饭和粥自然而然就会多吃了，时间一长，家里的粮食就会入不敷出。父母所做的这一切都是在为一家人的生计盘算。

顽劣是小孩子的天性。有时候，我钓鱼回来，父母不愿意帮我宰杀。我就偷偷地自己去宰杀，再放点盐和油，趁他们不注意将盛鱼的碗放进粥锅里炖。待父母回来揭开粥锅时，竟然是一锅鱼粥，原来是那翻滚的粥浪早将我的鱼碗掀翻。于是，母亲就会拿着木棍撵着我家前屋后地追打。"有骂罪有打罪，没有饿罪。"这是母亲挂在嘴边的一句口头禅。打完之后，仍然可以和一家人围着饭桌吃晚饭，可我仍心有余悸，一边小心翼翼地端着粥碗，一边偷偷看父母脸色。父母喝了几口后，脸上的怒气才渐渐消了，我的心才踏实下来。后来，我才知道鱼粥其实还是别有一番滋味的。

考上了高中，就很少有时间钓鱼了。上大学和工作以后，钓鱼的地方越来越少，大大小小的河流、沟渠、水塘都被人承包，全部变成鱼塘、蟹池，渔业村也搬迁到别处安置。那在屋后小河里来往穿梭的油光滑亮的小渔船也不见了，心中禁不住酸楚起来。

七、捉蜻蜓

捉蜻蜓是小伙伴们最喜欢的一种娱乐活动了，我时常乐在其中。

每到春夏时节，田野里、草丛中、沟河旁、池塘边都会冒出一群又一群大大小小、色彩形态各异的蜻蜓来。于是，我们就用各种各样的方法捉蜻蜓玩。有三种方法，我们会经常使用，至今难以忘记。第一种方法是用一根芦苇做的捉蜻蜓工具。在芦苇最末端弯成三角形，然后再用线扎紧起来，最后再从家前屋后找一些蜘蛛网缠上。于是，我们拿着它三五成群地在树丛中、野圩上到处寻找蜻蜓。第二种也是用一根芦苇做的捉蜻蜓工具，只是在芦苇最末端剪去一小部分，然后再插上用芦苇片子做成的叉子。我们可以拿着它到处捕捉树丛中睡熟着的蜻蜓，只要我们发现哪里有蜻蜓，就悄悄地将工具伸向它，等靠近时对准它的尾巴猛地一用劲，受惊的蜻蜓张大着嘴巴似乎想咬掉这叉，可惜它的扎都是徒劳，于是只能束手就擒。第三种方法就是用线扣紧一只绿色的蜻蜓，然后牵着它满田野地跑，招惹那些飞翔中的蜻蜓和它打架或者游戏。趁它们纠缠不清时，把它们引到地面上，随后我们饿虎扑食一般将它们捉住。

落到我们手中的蜻蜓结局似乎都不怎么好，现在想来近乎残忍。有的卖给了小朋友，换得一分钱、两分钱，然后买点糖果解解馋，有的直接撕碎去喂小鸡、小鸭，或者成了猫的点心。比前面两种结局稍微好一点就是把家里的门关起来，然后放飞它们，让它们好好地帮我们捉蚊虫。然而，它们并没有领会我们的意思，它们没有心思去捉蚊虫，只是一味地用头往窗户上撞，似乎随时想撞出一条小缝溜之大吉。等天黑透了，才听不到蜻蜓撞窗户的声音，我想它们或者睡觉了，或者在悄悄地捉蚊虫。

第二天清晨，当我到处找它们时，却发现它们大都死去了，即使有个把活着的也奄奄一息。它们要是老老实实地帮我们捉蚊虫该多好。这样既可以帮助我们消灭害虫，免除我们被蚊虫叮咬之苦，又能填饱肚子，真是一举两得的好事。可它们为什么偏偏不愿意去做呢？当时的我真无法理解。

慈姑芽

　　记得有一次，到饭店喜滋滋地吃着长长、白白、嫩嫩的黄豆芽时，朋友关心地告诉我，以后少吃这种黄豆芽。我吃惊地问，"它不是蔬菜吗？粗纤维多，吃了对人身体有益。"朋友头摇得像拨浪鼓，"这个你就不知道啦，这些豆芽菜都是温室大棚里长出来的，要是给它喷激素或者洒农药时，都得戴防毒面具，你说可怕不可怕？你别看这豆芽菜长得俊，看相好，卖相不差，口感也不错，可就是吃了会生病。"

　　后来，《扬子晚报》上一篇报道毒豆芽的文章进一步证实了这种观点。看样子，到饭店，又有一样东西不能吃了。我真傻眼了，以后究竟什么食物能放心地吃呢？我苦笑着摇摇头，满桌的菜就是没一样能放心吃的。二十世纪六七十年代什么都缺，但食物几乎都是绿色产品；现在什么都有，就是什么都不敢吃，生怕中毒中招。这是谁造的孽啊？

　　一个朋友想在城里开个饭店，想在特色上做文章，这就自然想到了老家绿草荡那鱼虾、河蚌等产品。他兴奋地说绿草荡里每一样产品都可以做一道像样的菜，鲜鱼水菜就不别说了。单就绿草荡的鸭就可以做几道菜。绿草荡的鸭几乎是吃着小鱼、小虾、螺螺长大的，那鸭肉熬汤特别鲜美，且不油不腻；那鸭蛋做成蛋糕再与冬瓜煮成汤，清爽鲜美得妙不可言。如果把蛋腌制一下，那蛋黄还会冒油。如果城里人看到了一定会馋得直流口水。看他喜笑颜开的样子，仿佛饭店已经门庭若市，大把大把的钞票向他飞来。我也跟着兴奋起来，拍一下桌子，"突然想起一道菜——慈姑芽烩肉，你吃过吗？"

他听了很是振奋。虽是荡口人，但他从没吃过这道菜。这道菜还是我小时候吃过的，大概快有四十多年没尝过鲜了是，想起来还真非常向往。这种菜季节性特强，也就是在清明节前后才能吃到。绿草荡里到处是慈姑田，前一年没挖尽的慈姑在明年的春天里都要抽芽、拔茎，纷纷从田野中、圩埂处闪出清亮的头来，小心翼翼地、好奇地瞧着这个陌生的世界。只要你捏住它的头，顺着藤蔓摸下去，就能拽起一根又长又细的慈姑芽。过了清明，它生长迅速，一旦有了手掌似的叶片，那就不好吃了。

小时候，父母到荡里劳动时，他们时常从荡里带回一些野菜什么的，其中包括慈姑芽。正常情况下，我们只能吃到用酱水与油盐煮一下的茨菰芽，那滋味已经很不错了。如果父母开恩，用猪肉和这茨慈姑一炒，或者烩一下，那就更好吃了。当然猪肉都是瘦中有肥，肥中夹瘦的。说句夸张的话，好吃得能把自己的舌头吞下肚，因为慈姑芽不仅细嫩，还有淡淡的清香味。即使有一点点苦，那也是一种含有清香的苦，一种沁人肺腑的苦。

茨菰芽是标准的绿色食品，且精纤丰富。这是现代人，尤其是城市人渴望的食品。朋友的眼里放着光，诚恳地点了点头。我心想也许能有再一次品尝到这道菜的机会。可惜的是朋友开的饭店从没做过这道菜，是厨师不会做，还是不愿做就不得而知了。更何况朋友的饭店开了一年多后就转包给别人，我那再一次品尝慈姑芽炒肉或者烩肉的愿望最终落了空。

乡村露天电影

小时候，看电影就像过节似的，高兴得手舞足蹈，忘乎所以。

露天电影很多时候是在大队部门前放映的，那儿地面比较平坦，相对开阔。我家就在大队部的河对岸，一有风吹草动，我们就会闻讯而至。那"突突"的马达声在我们听来胜过音乐，那刺鼻的汽油味比花草的清香还诱人。我们这一群孩子立即像蚂蚁遇见骨头似的凑过去，好奇地瞧着、开心地指点着、小声地议论着，确定今晚有电影看了，便兴高采烈地回家吃晚饭，然后尽量占据一个比较有利的位置观看电影。

许多时候，真正的好位置是轮不到我们的，早早被大队部的通讯员占了，他事先将许多凳椅放在宽大幕布前面的黄金地段，等待大队里的大大小小干部的到来。如果家里晚饭早早吃了，我就会早点去，选择一个挨他们近点的地方；去晚了就得离他们比较远，只能站在凳上观看，甚至爬到树上。在自己看不清电影时，偶尔会从地上抓起一把碎泥，朝他们扔去，发泄一下心中的不满。然后，他们便骚动起来、怒吼起来，我们则躲在一旁开心地笑着。

最忧心的就是夏天看露天电影。夏日的天气像小孩子的脸，说变就变，让人防不胜防。先前还是阳光明媚，不一会儿就雷声隆隆，暴雨如注。遇见这种情况，我们就像落水鸡似的，迅速往家跑。有时候也会叫人喜出望外，下了一天的雨，傍晚放晴了，可以很安心地看电影。这个时候，我们总在心里默默地感谢老天爷，这是他老人家给我们的恩赐。在我们家除了父亲，别人都喜欢看电影。父亲说，早点睡觉养精神，明天早点起身还要碾蒲草。即使电影在我家门前的稻田里放映，他也没兴趣看。一吃过晚饭，就上床呼呼大睡。我和哥、姐是最喜欢看电影的了，甚至上了瘾，整天追着电影队，特别是那《地道战》《地雷战》《铁道游击队》等，真是百看不厌，大家高兴得前仰后合，几乎笑翻了天。那感觉就是痛快。我们那儿靠近湖荡，河道纵横，沟渠繁多。有时候电影在邻近的村放映，我们循着声音往前跑，可是有时候不是桥被人撤了，就是在我们面前突然横生出一摊芦苇，或一道沟渠。很多时候，我们不敢贸然涉足，只好悻悻而归。

夏日里，散电影后，觉得肚子饿了，嘴馋了，便同几个小伙伴手持电筒，来到稻田边捉黄鳝。夜里的黄鳝似乎很呆，将黄黄的肚皮朝上翻，一动不动地躺在水里。当然，你别以为它是死的，一旦捉不住它，它一挺身就无影无踪。这时，我们通常手中会带点草，铆足了劲对准着它的关键部位牢牢将它捉住。运气好时，就会捉到一、两条；运气差时，空手而归。偶尔兴起，也会玩一出恶作剧，我们将附近的埋在水中取黄鳝的竹笼一一提出水面，然后举到耳边摇晃一下。估计有黄鳝的则将它打开，将笼中的黄鳝全部倒在地上，小的则扔掉，大的就留下，然后从家里偷偷地拿出一桶挂面，躲进一户人家烧黄鳝面条汤，然后平均分配。第二天一早捕黄鳝者就会到处叫骂。父母责问我们时，我们都坚决地摇着头，死活不承认，因为一旦承认，那皮肉之苦是吃不消的。见我们坚决否认，父母也就不再追究，常常是不了了之。

有一次，我和哥、姐到头溪河对岸的渔业村看电影。电影散后，哥和我在一起，姐和我们走散了。幸运的是我刚将脚跨到老木桥上，就听桥"咔嚓"一声，我紧张地将跨上桥的一只脚缩了回来。不一会儿，只听见桥"嘭"的一声趴在河面上。在岸边无数手电筒的灯光下，水面上是黑压压的人群，像鸭子一样游动、喊叫。河两岸许多人则出动了小木船，纷纷前来救援。哥胆大、水性好，哥说你趴在我背上，我将你驮过去，我起先摇摇头，可见哥态度坚决，自信满满，也就乖乖地照着他说的做了。不一会儿，我们就上了岸。到家时，姐还没回来，哥和父亲又撑着船来找姐。这一夜我们家一直忙到凌晨才休息。呵呵，总算大家都没事，只有一个同学的耳朵被桥上的钉子扎伤流了血。同学们都取笑他，说他和《闪闪的红星》电影中的坏人受伤的部位一模一样。

后来，上大学时，想看电影自然是很容易的事了。大多是先买张票，然后按照票的座位号坐下，怡然自得地观看着，还能边嗑瓜子，边欣赏。没有了蚊虫的叮咬，没有了天气的担忧。当然，心中也有种淡淡的遗憾，那种关于乡村电影各类趣事也就没有了。放假回家时，村里露天电影也少了。村里即使有电影院，也大多是一、两间大屋子，条件简陋，脏兮兮的，是私人承包的。再后来，电视普及了，露天电影更少见了。村子里偶尔有富裕人家慷慨地包一场电影，请全村人观看，但也很少有人前来。露天电影经不住人们的冷落，在我的老家现在近乎绝迹。

蒸笼里的年味

去年腊月二十八，突然接到上大学时老班长的电话，说到老丈人家拜年，顺便带点扬州包子给我，已经放在我单位门卫处。老班长是扬州人，又在扬州工作，扬州富春包子算是名闻遐迩的扬州特产。

回到家里，立即打开盒子，我被这精致而又各式各样的包子震撼住了：荠菜的、蟹黄的、虾仁的、竹笋的、鲍鱼的……。心里痒痒的，有点急不可耐，口水都已经在嘴里直打转了。

过了这么多年春节，从没品尝过种类如此丰富的包子，算是开了眼界、有了口福。

小时候，在我们那个坐落在绿草荡畔的小水村，再穷的人家，过年都是要蒸包子的。当然，我们家也不例外。我们家比较穷，蒸笼都得向别人家借，用完之后在蒸笼里放上几个包子，算是对借给我们蒸笼人家的一种感激。有时候，村子里蒸笼太少，蒸包子人家太多，一时周转不过来，父母就得在深更半夜起来等这蒸笼的到来。那时蒸包子用的是土灶，火力要大，都是一些树枝、树棍当柴火。蒸包子时，要把存放在草堆旁边的枝枝权权一股脑儿拿过来，用斧头剁成一截一截的，那样才能放进锅灶的炉膛里烧。发面这样的体力活一般都由父亲完成。他先把面粉放在大盆里，再放"酵子"揉匀，不见白生生的面粉了，才放进芭斗里，然后再在上面铺上一层塑料纸，最后放在床上，并用棉被盖好，由它们随意地"胀"。在农村人的潜意识里，面"胀"得好，就预示着来年运程好，风调雨顺，五谷丰登是，反之则一年运程就可能不如人意，诸事欠顺。哥和姐包包子，母亲负责烧火，父亲负责将很大的面团子先剁成细长的长方块，然后再切成一小块一小块。最后，将它们码整齐了放在干净的大木板上。还有一件重要的事是父亲必须先去完成的——将烟囱周围的草浇足水，防止蒸包子时间过长引发火灾，像这类的事故在农村蒸包子季节会时常发生。包子上灶是我们最高兴的时候，这时炉膛里柴火烧得正旺，蒸笼里散发出蒸汽。包子的香味随意地奔走，甚至钻进我们的五脏六腑。怎一个"香"字了得？

第一笼包子出来后，我们是不能先随便吃的，先用一个大碗盛上四个包子放到老油柜上，再燃上一炷香，请菩萨先享用。剩下的部分送给左邻右舍，请他们尝个鲜，作个评价。这种做法基本上是农村里约定俗成的事，几乎没有人家不这么做的。

后来，我们家条件好些了，也买了一个蒸笼，左邻右舍向我们家借。在这期间，我吃到了许多人家的包子：青菜的、豆腐的、萝卜丝的、肉丝的，还有咸菜的。呵呵，这个年啊，过得更加有滋有味。一种从未有过的喜悦在我们这些穷孩子的心里肆意膨胀着，甚至跑进我们的梦里。

纸飞机

　　小时候，木凳是我的骏马，它承载着我飞奔的梦想；纸船是我的白帆，它带着我的情思去逐潮追浪。梦想在那虚无缥缈的海天交汇处，盛开出理想的花。折叠的一架又一架纸飞机，就是我梦幻般的翅膀，飞翔出一个又一个童年的愿望。

　　飞。一个充满诱惑的字眼：像蝴蝶一样飞，像蜻蜓一样飞，像小鸟一样飞，像鹰一样飞……从这朵花飞到另一朵花，从这池荷塘飞进另一池荷塘，从这棵树飞往另一棵树，从这片田野飞向另一片田野，从一座山峰翱翔到另一座山峰。春花春草春月是我的玩伴，蓝天白云是我的舞台，潺潺山泉是我在歌唱。许多个愿望编织成我童年诗意盎然的时光，无数次飞翔打造我辽阔无垠的翅膀。

　　童年的岁月，纸飞机无数次把我带进如痴如醉的童话世界。

　　飞是童年岁月里灵光，时常闪现在我童年的天空中。我曾站在屋后的小桥上，小小的嘴对着纸飞机哈口气，把身体拉成弓，然后将纸飞机从手里射出去，从小木桥的这头飞到那头；我曾站在自家的草堆上，把纸飞机扔出去，飞越屋舍、鸡圈、院落，摇摇摆摆地降落在另一家草堆上；我曾站在河的这边把纸飞机投掷到河的那一边，然后从小木桥上疯跑过去，把它捡拾回来，吹掉它翅膀上的灰尘，掸掉它身心的疲劳，好让它再次飞翔。我曾在许多个月白风清的夜晚，小手中攥着纸飞机走进梦乡，梦着自己和纸飞机一起飞翔。

我曾偷偷地把一架纸飞机悄悄地塞进青梅竹马的手中，她的脸上立即绽放出两个迷人的小酒窝，和我一起飞翔起来，甚至飞到我梦中去。

我曾拉紧爷爷的手跑进田野放飞纸飞机，爷爷驼着的背似乎也伸展开来，多皱的脸上洒满了花一样的笑容。

我曾把纸飞机拼命地射向蓝蓝的天空，随鸟儿一起飞翔，甚至幻想它也能在树林间追逐、歌唱、筑巢。

我用一张张白纸折叠过无数架纸飞机，放飞，再放飞，一直梦想着自己会有一天真能折叠出带着自己飞的纸飞机，带着爷爷、奶奶飞，带着爸爸、妈妈飞，带着哥哥、姐姐飞，带着小伙伴们飞，随心所欲地飞，忘乎所以地飞，飞出这小小的村庄，飞出这无边的芦苇荡。到村庄的尽头去看城市，在草荡的边际去观沧海。鸟儿争着和我说话，海鸥随我翩翩起舞，白云纷纷结伴而来，这是一个多么远大而诗意的梦想。

纸飞机曾被风吹落过，纸飞机曾一头跌落在湍急的河流中，纸飞机曾让调皮的小黑狗悄悄地叼走，纸飞机也曾被小伙伴抢走甚至撕毁。我真真切切地看到了失败，清清楚楚感受着沮丧，明明白白地看到了自己的无奈。然而，痛楚从没让我打消飞翔的梦想，挫折从没让我丧失对飞翔的渴望。

飞翔、栖息，栖息、飞翔。我的飞翔需要有一个美好的目标，我的栖息需要一个富有诗意的处所，我的歌唱需要一个自由的乐土。

天空没有留下纸飞机的痕迹，但它已经飞过。

油菜花黄

春天那温馨而明媚的阳光像瓢泼大雨似的洒落下来，油菜花儿从窗前一直奔跑到田野里、圩埂上、滩涂旁。家乡的油菜花海哟，是三月射向田野的金黄色闪电。

麦苗更绿了，溪水更清了，天空更蓝了，空气更新了，水鸟的歌喉在绿草荡畔肆意绽放。我把自己的心情毫无保留地交给三月，快乐得像田野上放飞的风筝。

就这样想着，突然觉得家乡就是那一座又一座小木桥、一弯又一弯清溪水、一片又一片绿芦苇、一丛又一丛油菜花，心中疯涨着"面朝大海，春暖花开"的诗意。小桥流水，草长莺飞，三月的时光，温暖而灿烂地在我心头荡漾。母亲曾时常春风满面地站在小河边，眼神仿佛也绿油油起来，笑容里满是油菜花香。鸭子游在小溪里，在"嘎嘎"声中我闻到了春天的气息和欢闹。记忆里装着满满的快乐、满满的幸福、满满的希望，这片田野是我的，这抹清溪是我的，这排杨柳是我的。于是，我脱掉了冬天的厚棉袄，浑身洋溢着一种奔跑甚至飞翔的感觉。

每次回到家乡，遇上油菜花开，我总会放慢脚步甚至停留下来，用手轻轻碰一下油菜花，沾上一些油菜花粉，然后放在鼻端。那种温润的黄、蜂蜜般的甜会一直侵洇到我的内心深处，甚至会在某一个夜晚的梦中悄然绽放、摇曳、闪亮。如果蝴蝶和蜻蜓能开口说话，我想我们一定能找到许多畅谈三月的共同语言。

那种陶醉是发自内心的，那种向往是真诚美好的。清爽得没有一丝杂质，干净得像一落山溪。

小时候，在我的眼里，油菜花不像桃花、梨花、月季花，似乎不是真正意义上的花。现在想来，大概是贫寒的缘故，让我对它失去审美，辜负它一片美意。真是生在美中不知美。村子里，我没发现哪个爱美的姑娘会把油菜花戴在发际，只有张二痴子把它当着花夹在辫梢处，然后走东家窜西家地讨饭，显得非常另类，时常引起一阵哄笑。此刻，她并不恼，反而笑得天真无邪，多皱的脸上仿佛盛开着春花春月、桃红柳绿。许多时候，我和父母一样，更多关注着油菜花能结多少籽、能榨多少油。同时期盼蜜蜂的到来，能够把这油菜花粉加工成蜜，这可是大自然馈赠给我们的最好点心。在我无法找到蜂蜜的时候，我曾向油菜花伸出小小的舌头舔着它的花粉解馋，自己仿佛就是那快乐的、馋馋的小蜜蜂。

每次回到家乡，遇见油菜花开，我都渴望走近它，和它攀谈，一种亲切感从心底油然而生。这就是我家乡的模样，这就是春天的模样，这就是美好生活的模样。花儿是它动人的语言，花粉是它美丽的心事，它们让我那快要衰弱的神经一下子青春了、振奋了、轻松了。我仿佛是春天的河谷里一条尾鱼，轻轻地游回童年的岁月，随着油菜花的倒影舞动自己的身体，迸发出青春的活力，甚至跃出水面捕捉那美丽而虚幻的梦；我仿佛是田野里一条蚯蚓，在春泥中随意地奔走，享受油菜花和着春风的味道，一股春泥的体香真真切切地奔走在我的心灵深处。

那在花朵丛中追逐着蜜蜂的小男孩就是我吗？那在别人家屋檐下逶

巡着寻找着藏有蜂蜜芦苇管的小男孩就是我吗？那嘴里衔着油菜花在水中游玩的就是我吗？哦，童年的岁月都是些洋溢着油菜花香的日子，我尽情地享受着生命的美好和自然的魔力。"篱落疏疏一径深，树头花落未成荫。儿童急走追黄蝶，飞入菜花无处寻。"此刻，我仿佛跟随宋朝诗人杨万里的思绪再一次走进了暮春时节，欣赏到了童真、童趣、童乐，心情似乎一下子也敞亮而清新起来。

油菜花开了，我又一次看到了家的背影；油菜花黄了，我又一次闻到了家乡的味道。

三月，村头那棵高大的梧桐树上，喜鹊又一次筑起了巢。那可是家乡最美丽、最吉祥、最诗意的花朵。